雪柳

ゆきやなぎ

芹川芳江

Yoshie Serikawa

文芸社

雪　柳

†

目　次

第一章　十字架

実川桂子が生まれたのは、千葉県の東金である。兄が三人おり四人兄妹の末子であった。本来ならば末子の女の子というのは、家族から可愛がられるはずの存在である。しかし、桂子にとっては末子に生まれたことで、大変口惜しい思いをしていたのである。

自分の家に対しても、古里の東金にも、まるでよい思い出はなかった。

実川家は、父の実川作一が旧家の長男でありながら家を出て、桂子が生まれた当時は農家の離れに間借りをして暮らしていたのである。

部屋は二間ほどで、そのうちの一部屋は天井板も貼ってなく、一坪ほどの土間の台所があるだけであった。

実川家がこのように貧乏をしているのにはわけがあった。

作一は八人兄弟の長男として、当時の旧制商業高等学校を卒業しており、国鉄の車掌区へ勤務して将来は駅長としてのポストを約束されていたのである。

作一の子供の頃は学業が成績優秀で、村の者からは〝聖童〟とまで呼ばれていたのであった。

この父が人生を転落し酒びたりの生活を送るようになったのは、結婚が原因しているのではないかと桂子は思っていた。

桂子が生まれる前のことで、桂子にははっきりとわからないことである。

桂子が生まれて二歳のとき両親は離婚をし、母の明子は四人の子供を置いて家を出たのである。

桂子は物心がつくかつかないかのうちに、他人の家に預けられることとなった。

最初の養母となった橋田うめは、当時の高等専門学校の教師を退職しており、なかなかの賢婦人であった。

うめには二人の子供がおり、一男一女である。

息子の京太は優しい人で、理工学部の大学生である。時折、桂子に英語の単語などを教えてくれていた。

娘の恵美は桂子を嫌っていた。時たま一緒に風呂へ入ったときは、桂子がタオルを風呂水の中で絞ると、

「汚いから外で絞ってちょうだい」

と言われたりもした。

うめは後家であったが、地主であったので、土地を貸したりして地代等を得てお

り、経済的には困っていなかったようである。

桂子は橋田の家に世話になるようになってからも、家の仕事を手伝うようにしていた。風呂を沸かしたり、台所の手伝いなどをしたりしていた。

それでも桂子は自分から橋田の家族に懐《なつ》いていった。それが桂子にとって生きる術であった。

けれども、心の中では自分を置いていった母のことを心底恨んでいたのである。

桂子は小学校へ入るまでの二年間、保育園へ通うようになり、そこはキリスト教教会の中にあるものであった。

キリストの像や絵本を見ながら、自然にキリストを信じるようになっていった。

桂子にとって神は愛であった。親や兄弟から得られない愛、肉親の愛の代わりであったのである。

そうして教会生活を送りながら、桂子は小学校へ上がるようになった。

二学期を過ぎた頃、桂子に養女の話が持ち上がっていた。

見知らぬ他人が何人か桂子を見に来るようになって、親が決めたことか、親戚が決めたことか、桂子にはわからないことであった。

桂子は養女に行くことに決まったのである。東京の江東区にあるガラス工場の社長の家である。

桂子は世話になった大原牧師にそのことを話すと、牧師は桂子に一冊の聖書を手渡してくれた。

見開きのページに〝贈　実川桂子さん〟と筆字で書かれていた。

大原牧師は桂子の身の上を知っており、桂子の純粋な信仰心に胸を打たれていたのである。

牧師は夜間の家庭伝道をする際には桂子を伴って歩いてくれていた。

洗礼を受けたのもその頃であった。

いよいよ桂子の東京行きの日が決まった。東京行きの前日は、京太に連れられて近くの火の見櫓まで出かけて行き、そこで京太が桂子の写真を撮ったのである。

「桂子の写真を撮ってほしい」と、うめに頼まれたのであろう。

翌日、知人が桂子を迎えに来た。

風呂敷包みを二つ抱えて、その知人と一緒に車に乗りこんだ。

車が走り出すと、なぜか後ろばかりを振り返ってしまった。

橋田家が見えなくなる曲がり角まで来たときである。うめが一目散に走って追いかけて来るのが見えた。

「ママッ」桂子は小さく口の中で呟いた。

この言葉は、京太が桂子に教えてくれた単語であり、普段からうめのことをママと呼んでいたのである。


東京での生活が始まった。

ちんちん電車が走っており、夜景が眩しくて都会の暮らしとはこんなものなのかと、桂子は思ったりしていた。

姓も変わり、菊田桂子となって、小学校へ通うようになった。

菊田家にはお手伝いさんが二人いて、広い敷地の中にガラス工場があり、従業員が十五、六人ほど働いていた。

みんないい人たちばかりであった。

新しい両親にも自分から懐いていくようにした。

桂子の人柄なのか、菊田の両親にも可愛がられるようになっていた。

桂子の新しい母である菊田玲子は、桂子を連れてデパートへよく出かけていった。フリルの付いたブラウスや、フレアーのたっぷりとしたスカートを何枚か買ってくれ、こんな綺麗なものを着たことがないと桂子は思った。

近所に親切なお姉さんがいて、桂子に優しくしてくれた。

そのお姉さんとよくちんちん電車を見に行って遊んだのである。

学校からの宿題があると、一人でよく部屋にこもってしまった。宿題を終えると考え込むようになっていた。

どこで暮らしても他人の家である。

私には、私を愛してくれる人も、守ってくれる人もいないのか。私が求めるべき親の愛はどこにもない――。

私だけがなぜこんな思いをするのだろうかと、私は一人ぼっちなんだ、親も兄弟もいるのに一人ぼっちなんだ……と。

そうして東京での生活が過ぎていった。

毎日の暮らしの中で、バレエの稽古に通うことだけが一番の楽しみとなっていた。

いつしか一年が過ぎようとしていた。

ある日、学校から帰ってくると作一の姿が見えた。菊田の両親と何か話しこんでいるようである。

三日後、桂子は玲子に両肩を抱えられるようにして話しかけられたのである。

「あのね、桂子ちゃんはね、東金のお家へ帰ることになったの。東金のお父さんが迎えに来るから、ねっ」

桂子は気持ちの整理がつかずに、ただ東金に帰ってあの父の飲んだくれた生活に自分が入ってゆくことを想像するしかなかった。


東金での暮らしが始まろうとしていた。

桂子の一番辛かったことは、貧乏なことではなかった。

父の酒浸りの生活、働かないこと、そして家族をまとめるべき母親がいないことであった。

長兄の輝明は、ほとんど祖父母の家で寝泊まりをしていたので、次兄の克成が家族の中心となって、家の中のことや家族の面倒を見ていたのである。

三兄の進也はよく克成の手伝いをしていた。桂子は三人の兄の中で、克成が一番好きであった。

母親のいない家で桂子はたった一人の女子である。女手でないと行き届かないところを、克成は時折気を付けて桂子に接してくれたのである。

「女の子はね、髪の毛がぼさぼさだとみっともないからね。こうしてよく梳《と》かすんだよ」

と言って髪を梳いてくれたり、

「桂子、膝小ぞうが真っ黒だよ。ちゃんと拭いてから学校に行かないと駄目だよ」

と言って膝小ぞうを拭いてくれるのである。

当時はまだ井戸水を使っている家が多かった。

風呂場が家の外にあり、風呂の水を汲む作業が大変であった。

風呂に入るのは、月に一度か二度くらいであったが、小さい桂子の身長にしては両手に重すぎるバケツの水であった。

克成と進也はよく山へ出かけていった。

山芋をとってきては薄の葉でくるみ、束ねてひとまとめにするのである。それを商品として町へ売りに行って、いくらかの金を手にした。

米の飯はほとんど口にできず、一把二〇円のうどんをゆでてみんなで食べたのである。

時折、輝明が帰って来ることがあったが、食べる物もなく、母親のいない家庭は閑散としていたので、兄弟喧嘩もしょっちゅうであった。

桂子は兄たちの間を針を持って走り回り、

「そんなに喧嘩ばかりしていると針でさすぞ、さすぞーっ」

と、わめきたてたりした。

克成は、遊びに行くときに、よく桂子を連れていった。

ベーゴマに、めんこ、竹蜻蛉《たけとんぼ》、ほとんどが男の子の遊びである。スカートをはいて、お人形さんごっこ等をしたことはなかった。

ある日、克成がどこからか、茶色の雌の子犬を貰って来たので、桂子はとても嬉しく、真っ茶色の犬なので〝チロ〟と名付けた。

首輪も買えなかったので、麻の紐を結んで鈴を付けた。

桂子のよき友達となったのである。

月に一度は教会へ出かけた。チロを連れて教会まで歩いていくのである。

やがて桂子の家にも水道が入ることになった。けれど桂子の家に水道の水を貰いに来る家があって、桂子はとても嫌であった。

それは近所の中島家である。この家は貧乏では桂子の家といい勝負をしていた。

実川家の勝手口の入口は外から自由に出入りできるようになっており、鍵もかからなかったため、中島家の家族は自分の家のように好きな時間に出入りをし、大きなバケツを持ってきては、勝手に水を汲んでいったのである。

しかも中島家はトイレもなく桂子の家のトイレが外にあったため、トイレまで勝手に使っていたのである。

台所にコップや皿を漬けておいたり、手拭いを干しておくと、盗んでいってしまうのである。

その頃、克成は中学を卒業して家を出ていた。

桂子は大変口惜しかった。口惜しくてたまらなかった。

なぜ他人にここまで土足で入り込まれるのか、あんな連中にこんなにまで馬鹿にされるのか、嫌でたまらなかった。

あんちゃんがいたら、きっと文句を言ってくれたのに――そう思うことがしばしばであった。


小学四年のとき、桂子は転校することになった。

そこは、九十九里の海寄りの田舎である。父が市役所の仕事で塵芥《じんかい》焼却場の職員になり、官舎に移り住むようになったのである。

官舎といっても狭く、畳の部屋は一部屋しかなく、板敷きの部屋に卓袱台をおいて台所と兼用に使っていた。

鶏小屋を作って、矮鶏《ちゃぼ》をたくさん飼うことにしたのである。

チロが子犬を次から次へと産んだので、親子で五匹の犬を飼うことになった。

学校は家から歩いて十分くらいのところにあり、生徒数が少ないことで驚いた。

一クラス二八名くらいであった。

官舎は山の中にあり、夜になると桂子は心細くなった。チロが唯一の話し相手である。

学校にはすぐに慣れていった。

二学期になると学級委員に任命されたのである。

人をまとめたりすることは嫌ではなかったので、桂子の家に友達が遊びに来るようになった。

ただ、父の大酒飲みが近所に知れるようになっていき、大変恥ずかしい思いをしていた。東金であれば皆が父の大酒飲みを知っていたが、知らない土地で父が人に迷惑をかけていることを思うと、外に出かけたくはなかったのである。

学校から帰ってくると、父が決まってメモ書きしたものを渡した。お通い帳で買い物をしてくるのである。

そのときは通り道にある中学校の前を通るので、ちょうど下校時の制服を着た生徒たちが何十人と集まっていた。

桂子が自転車に乗って通り過ぎていくのを、じろじろと見られるのが嫌であった。

自転車の後ろからはチロと子犬たちがゾロゾロと付いて来た。

ある日、桂子が小さな雑貨屋へ買い物に行ったときである。

「切手とハガキをください」

と言うと、そこの店主は尋ねてきた。

「君は、どこの娘さんだい」

「塵芥焼却場に住んでいる実川桂子です」

「実川さんというと、あの作一さんの娘さんかい」

「父を知っているんですか」

「作一さんはね、あのまま国鉄を辞めなければ駅長さんになれたんだよ。惜しかったね」

桂子はこんなところまで父を知っている人がいることに、驚きであった。

ある日、父が帰って来ない日が二日ほど続いて、桂子は自転車に乗って商店街まで迎えに行った。

そのときもチロと子犬たちが付いてきたのである。夜も七時近くになる頃で、桂子は自転車を止めて引き返そうとしたときであった。

突然、キャイーンと大きな子犬の鳴き声がしたのである。

見るとチロの子犬が車に轢かれたのであった。桂子は慌ててかけつけた。なんと、後ろ左足の骨が折れて血がしたたっているのである。

桂子は、ギャーッと大声で泣いてしまった。そして子犬をかかえようと左手を出したときである。子犬は苦しまぎれに桂子の親指を噛んだのである。子犬の奥歯は桂子の親指を貫通していた。手を引こうとしても抜けなかった。

桂子はあまりの激痛に泣き叫んだので、見かねた近所の人が出てきて桂子の指を離してくれたのである。

その人は桂子に段ボールの箱をくれて、その箱に子犬を入れると自転車の後ろに乗せ、ゆっくりとゆっくりと引っ張って帰った。

その晩は誰もいなかった。進也はアルバイトで泊まりである。

血だらけの親指を水で洗ったが、消毒液もないのでどうしようかと考えるばかりで、涙が出てきてはどうしようもなく悲しかった。

しょう油を親指に垂らした。そして手拭いをさいて、ぐるぐる巻きにしたのである。

山の中なので風が吹くたびに神経が高ぶっていた。

恐かった。心細かった。

この指は腐らないであろうか、不安であった。どうせ病院には行かせてくれないであろう。

その晩は、まんじりともせず一夜を過ごした。

二日後に子犬は亡くなった。

やがて桂子たちは、また引っ越すことになった。

焼却場の仕事は父にとっては、きつかった。父の怠惰な性格なのであろう。市役所の仕事を辞めることになったのである。

ふたたび東金の家へ帰ることになった。

東金の小学校へ戻ることになって、転校の手続きをしなければならなかった。

父は一緒に行ってくれそうになく、桂子は学校の職員室へ直接一人で行ったのである。

「父が教育委員会に話してあります。六年に転入する実川桂子です」

そう言うと、先生たちはびっくりしていた様子であった。

桂子は何でも一人でやらなければならなかった。幼いときからずっとそうであった。

たまに父が納豆のご飯を作ってくれたりすると、嬉しくて涙が出てきたものである。

病気をしても病院に行ったことはなく、炊事も洗濯も全部自分でしなければならなかった。


そうして桂子は中学に進級するようになった。

家庭での暗い生活とは違って、学校では大変明るかった。

しかし進也が中学を卒業して家を出たので、桂子はとうとう一人残され、父との生活から逃げる場がなくなっていた。

桂子はルーム長に任命されることになった。他に男子が一人任命されていた。

席は二人机であり、担任の先生の机と向かい合って真ん前に座った。

先生は桂子にいろいろと用事を頼んで、小学校から上がってきた通知表を帳面に書き写すようにと、そのとき小声で先生は言った。

「誰にも内容は言わないように」と。

そして中間テストや期末テストの採点を放課後に残ってやるようになった。

桂子は自分がひいきにされていることを感じていた。

ある日、ホームルームの時間に発言をしたのである。

「もうそろそろ席替えをした方がいいかと思います。その方がいろいろ新しい友達に慣れていかれるかと思います」

結局、桂子の発言は通ったのである。ただし、桂子の席は右から左へ移っただけで位置は変わらなかった。

桂子は自分の父を見ていて、つくづく思っていた。

教育とは人間の形成には何も役に立たないのであると——中学を卒業したら手に職をつけて、一日も早く家を出たい。そればかりを考えるようになった。

その頃、父の暴力はひどくなっていった。桂子は夜中に泥酔して帰って来る父に怯え、田んぼのあぜ道を駆けて逃げたのである。そんな日々が毎日であった。

中学一年の夏休みに、一ヵ月ほどお手伝いのアルバイトをすることになり、夏休みの五教科の宿題をどうしようかと思っていた。

桂子は名案を思いついて、親友の武本久美子に五教科をそっくり預けることにしたのである。

久美子は素直にそれを受け取った。

「名前だけは書かないでね。後は全部やっておいて」

久美子は、こっくりと頷いた。

ところが、もう一人の友人である加賀久子がそれを見つけて言った。

「久美ちゃんが、桂子ちゃんのワーク持ってたわよ。どうして」

まあ、いいわ、久子にわかってもいいだろうと思っていた。

夏休みが終わって、久美子からワークを受け取り名前だけ書いて先生に提出をした。ワークが返されたとき、一番後ろのページに赤ペンで記されてあった。

――宿題は自分でやるように――と。先生にはすっかりばれていたのである。

桂子の家の近所に崎山恵という友人がいて、恵は毎日のように桂子の家に遊びに来ていた。どこへ行くにもついて来るので、父の作一が言うのである。

「金魚のうんこみたいに、くっついて歩いてるんだな」と。

桂子は苦笑してしまった。

桂子の家には、ミシンもアイロンもなかったので、家庭科の製作になると桂子は恵の家へ行き、一緒に製作をした。

けれどスピードは桂子の方が早く、ブラウスの右肩が終わり左肩へ移る頃、恵はまだ右肩も終わらない状態である。

「ああっ、もうこんなに進んでる」

と桂子のブラウスを触っていらついていた。

テスト前になると決まって桂子の家へ来て、

「桂子ちゃん、数学のノート見せて」

「まだやってないし、終わってないから」

桂子がしぶっていると、いつまでも粘って帰らないのである。

桂子は根負けしてノートを貸してやると、ペラペラとノートをめくり、

「やったあ、全部終わってる」

と帰っていくのである。

桂子にとって級友たちは幼く見えた。

——みんな、私みたいに苦労してないのだろうな——

日々の父との二人きりの生活が桂子には耐えがたかった。

貧乏よりも何よりも、父に怯え、甘える人のいないことが辛かったのである。

そんな地獄のような日々の中で、父が優しくしてくれたことがあった。

ある晩、父が泥酔して帰ってくると、大きな新聞紙の包みをかかえていた。

「これ、開けてみろ」

と父が言ったので、新聞紙の包みを開けると、木製の燭台《しょくだい》付きの十字架であった。

「イエス様っ」

桂子は思わず口に出した。

「桂子は神様が一番大事だからな」

父はそう言った。

父の言葉の裏にある桂子への愛情の片りんを感じて、これが父の精一杯の愛情の表現なのだと桂子は感じた。

それは、どこかの大工に作ってもらったものであろう……十字架を丁寧に抱えてタンスの上に置いたのである。

その晩はずっと十字架を眺めていた。

そのことがあってから、父はまたいつもの状態に戻っていった。

桂子は、その頃から本を読みふけるようになっていった。

父から学ぶものは何もなかった。

†

死のう、もう死のう、死んだら神様のところへゆける——桂子はただそう思った。

自殺と思われないで死ぬことはできないだろうか、そう考えていた。

桂子の読んだ小説の中に、雨の中を歩いてそのままいると死ねるとあった内容を思い出したのである。

桂子は死のうと思った。

ある晩、桂子は雨の中を歩き続けた。

ただ歩いて、とぼとぼ歩いて未明頃、家へ帰った。熱が出て、苦しくて、疲れて、桂子は眠りに陥った。

二日間、桂子は眠り続けた。

結局、桂子は死ぬことはできなかった。

父との生活も変わることはなかった。


三年の二学期になって、いよいよ最終的に進路を決めなければいけないときがきた。課外授業は全員が受けるようになっていたが、桂子は一人だけ課外授業を受けずに帰っていた。

夕飯の仕度があるからである。

そんなある日、担任の教師が家へ来たのであった。

父が珍しく家にいたときで、

「桂子さんも高校へ行かせてあげてください。県立T高校かY高校でも受かると思います。どうか高校へ行かせてあげてください」

父は先生の話に頷いていた。

——先生、なんで家へ来たのだろう。私は高校へは行きたくないのに——

桂子は強くそう思っていた。

結局、桂子は周囲の勧めもあって高校を受験することになったのである。

その頃、克成は表具師として独立し、祖父の家の物置小屋を改造して商売を始めていた。商売には女手が必要である。

克成は結婚をした。

そして進也が一緒に仕事を手伝うことになったのである。

進也は定時制高校へ通っていた。

「お前は、昼の高校へ行け」

と進也に言われて、桂子は県立Y高校を受験し、そして合格をした。

教科書代や制服、学費等は克成が面倒をみてくれた。

高校に合格しても少しも嬉しくはなかった。父との生活がまだ続くのかと思っただけである。


実川家は男尊女卑の家系であった。

総領の輝明は、皆からちやほやされて育った。

先に生まれるとは、こんなによいものかと桂子は思っていた。

克成も進也も男子であるため、人間扱いをされていたのである。

桂子は末子で、女子であり、馬鹿にされ、誰も味方がいなかった。

実川家以外の家に生まれれば、どんなに貧乏だって、今よりは幸福になれると思った。

輝明は何の仕事をしても長続きせず、弟妹の面倒をみることもなくブラブラとしていたが、そのくせ威張ることが大好きであった。


新学期が始まって、高校へ通い始めた。

クラス役員の発表があって、桂子は整備委員になったのである。

桂子は役員をやりたくなくて先生に、のらりくらりとした返事をしていた。

担任の女性教師は音楽の先生であった。桂子が返事をのばしていると、

「それでは、実川さんには体育委員をやってもらうことにしましょう」

ということになり、桂子は体育委員をやることになった。

体育委員とは、体育の時間になると皆の前に出て体操をし、皆をリードするのである。

――こんなことなら、整備委員をやっていればよかった――と思った。

部活はバスケット部へ入ることにした。

人数は一〇名ほどであったが、部活の練習をすることで自分を紛らわしていたのである。

先輩の部長が桂子を可愛がってくれて、

「実川に、これあげる」

と桂子に、手作りの洗いざらしのブルマを四枚ほどくれたのである。

桂子は、せっかくくれたのだから穿かなくては悪いなと思い、体育の時間に穿くことにしてみた。

体育の時間が終わって級友に、

「どうしたのそれ、色、はげたの」

そう言われてから、二度とそのブルマを穿く気がしなくなった。

夏休みが終わりに近づいていた。

桂子は父との生活に限界を感じていた。

そして決意をした。

二学期が始まって、担任の先生に桂子は話をしたのである。

「先生、私、学校辞めたいんです。学校辞めて働きたいんです」

「ちょっと待ってよ、考えましょう。途中で辞めたらもったいないわ」

先生は桂子の気持ちがわかりかねるといった様子であった。

先生には本当の理由を話すことができなかったので、ただ働きたいとだけ言うしかなかったのである。

兄たちにも話をした。

「私、学校辞めて千葉へ行きたい。千葉で働きたい」

今度は桂子の気持ちを押し通した。

「お前はT高校の定時制へ通え」

進也にそう言われて、桂子はこの家を出られて千葉で働けるならよいと思っていた。

桂子は千葉市へ出た。十六歳である。

家賃七千円でアパートを借りた。敷金、礼金等は克成の世話になった。

桂子はこのとき、生まれて初めて精神的自由を手に入れたのである。

——心が自由であるということは、こんなにも素晴らしいものなのか、もう誰の束縛も受けない——と桂子は思った。

とりあえず仕事を決めなければならなかった。

桂子は学校の紹介を受けることにした。

個人病院の薬剤関係の助手と、窓口会計業務を担当することになった。

病院へはバスで通うことにして、学校へは歩いて行くことにした。

そうして二ヵ月ほど過ぎ、仕事と学校の両立に慣れていった。


母を探そう、母に会いたい——

桂子はそう思った。母の生家は千葉であると聞いていた。市役所等へ出向いてゆき、母を探すことにした。母の名は芳野明子といった。ようやく母の住所がわかったのである。

新田町に住んでいるらしい。桂子はその住所を探して、訪ねていった。〈たぬき〉とのれんが出ていて、飲み屋である。

店の入口から入っていったが、鍵はかかっていなかった。

「こんにちは、こんにちは」

奥から背の低い、四十歳代くらいの女性が出てきた。桂子を見て驚いたようであった。

「桂子です。私、桂子です」

「桂子ちゃんなの、桂子……よくわかったわね。さあ上がってちょうだい」

明子は桂子を抱きすくめるようにして泣いた。桂子も泣いた。

「本当は一度会いに行ってるの。桂子ちゃんが東京へ養女に行って、それから帰ってきてから、隣の家から桂子ちゃんを見ていたの。作一がいたから顔を見ずに帰ってきたんだけど、あの頃は作一の暴力がひどくて殺されそうだった。あなたを置いていくしかなかった」

「私は、いつかあなたが私を連れに来てくれるのではないかと、心の中ではずっと待っていたんです。やっと千葉へ出て来られて、今、T高校の夜間に通っているんです」

「今はね、私にも夫がいるの。大工をしているんだけど」

「私、長洲町に住んでいるんです。ここに住所を書いてあります。いつでも来てください」

そこへ明子の夫が帰って来た。かなり年齢差があって夫の方が年下であるようだ。

「あなた、桂子です。桂子が会いに来てくれたんです。この人は中野というの」

「はじめまして、桂子です。よろしくお願いします」

表の表札と違っているので、内縁の夫であろうと思った。

中野はあまり感じがよくなかった。

「私、たまには来てもいいですか」

と言うと、明子は頷いていた。

桂子は帰ることにした。帰りながら桂子は思った。

あの人は、あまり嬉しそうではなかった。私に会いたくなかったのだろうかと。あんなに憎かった母であるが、桂子はまた会いたいと思った。母が恋しかったのである。

学校生活にも慣れてきて、友達もできた。小川信子は桂子より二つ年上で、県立病院の准看護婦をしていた。

信子とは学校でよく写真を撮った。

信子がよく髪の毛を外側にはねさせているのを見て、

「私も、そうやってクルンクルンとなりたい。どうしたらなるの」

「これはカーラーで巻くの。一晩巻いたままで寝るの。少し痛いけど、明日、私が持ってきてやってあげるから」

翌日の下校時に、信子はカーラーで丁寧に桂子の髪を巻いてくれた。仕上げにスカーフをかぶって帰ることにした。

翌朝、鏡を見ると髪がクルンクルンとなっていたのである。

信子には付き合っている彼がいた。中谷信二である。中谷は大手製鉄会社で働いていた。

信子は中谷に、桂子と二人で撮った写真をよく見せていたらしい。

ある日、信子は言った。

「実はね、桂子の写真を彼に見せたの。そのとき彼の後輩がいてね、美川さんていうんだけど、桂子の写真を見て、可愛い子だねって感心して言うの。だから今度四人で会うことにしようよ」

「私、まだ付き合う人なんかいらない」

「そんなふうにすぐ決めてしまわないで、会うだけ会ってみればいいじゃない」

信子にそう言われて、桂子は思い直したのである。

気軽に会って嫌だったら深入りをしないようにしようと。

四人で会う日が決まって、土曜日の授業のあとに喫茶店で会うことになった。

〈馬酔木《あせび》〉という喫茶店はすいていた。客は他に一組しかいなかった。

果たして、中谷と一緒に現れた美川という男性を見て桂子は思った。

誠実さと、優しさが顔に出ていた。

――この人なら、女をだますことはないだろう。あまり危険ゾーンではなさそうだ――

四人は、職場のことや学校のことなどを話し合ったりした。

一時間くらい経ったであろうか。信子が席を立ち、続いて中谷がいなくなった。

二人は残されてしまったようである。

「僕は会社の寮に住んでいるんです。南町です。実家は成東町です。月に一度くらい家へ帰ります。趣味は旅行で、一人旅が好きです。といっても金はあんまりないので、学校や寺へ泊まったり、安上がりの計画を立てて、青森から九州まで旅をしました。歳は早生まれなので、もうじき二十歳になります」

「私は十七になったところ。今一人暮らしをしています。まだいろいろ大変かな、学校も仕事も。とにかく卒業はしたいと思っています」

「今日はもう遅いから帰りましょう。僕の寮の電話番号と住所を書いておきます。いつでも連絡をください」

桂子も紙にアパートの住所を書いて渡した。二人はまた会うことを約束したのである。

月曜日の夜は、学校で信子に会って問いかけられた。

「美川さんていい人そうでしょう。なかなか真面目な人だから、桂子にはお似合いだと思っているの」

「私ね、今まで、結構辛い目に遭っているから人を信じられないところがあってね、でも美川さんと会っていると、なぜかほっとする」

それから一週間くらい経ったであろうか。美川が突然桂子のアパートを訪ねてきた。

「電話がなかったので、おしかけて来ちゃいました。これ買ってきました」

見ると紙袋の中に、あんまんと牛乳が入っていた。

桂子はとまどったが、美川を部屋へ入れた。

家財道具らしいものは、ほとんどなかった。

桂子はお湯を沸かして、インスタントのココアを入れて出した。

そうして美川といると桂子は安らいだ。美川の優しさが桂子を安心させていた。

桂子は自分の身の上を語り、母親のこともすべて話したのである。

「ずいぶん君は苦労してるんだ。かわいそうに。それでもその苦労を表に出さずに偉いなあ。僕は君を包んであげたい。僕も貧乏で育ったけれど、愛情にはめぐまれていた」

それから美川の家族構成や、今の会社に入ったいきさつも話してくれた。

六人兄弟の二男であること、兄と姉が一人ずついて、妹が三人いること。美川の勤めている製鉄会社には、養成訓練校という学校があった。美川は中学のとき、担任の先生にその学校を受けてみるように勧められたのである。

美川の家は貧乏であった。高校への進学はできなかったらしい。美川はその養成校を受けることにした。

学校は神戸にあって、その養成機関を経て千葉へ戻ることになったのである。

美川茂人の人柄に桂子は安心をした。

それから二人の交際が始まったのである。

桂子は病院の休みが日曜日であったので、土曜日の日はうどんや焼きそばを買いこむようになった。

茂人は日曜日のたびに遊びに来るようになって、いつも紙袋を抱えていた。

中を開けるとあんまんと牛乳が入っていた。

「また、これ」

と桂子は思った。

茂人と話していると、涙が流れてきた。

今までの辛かった過去に、こんな優しい人はいなかった。茂人だけは無条件で桂子を包んでくれる。

桂子は初めて甘えることができた。

人に愛されるということは、こんなにも心が満たされるものかと思った。

この人を離したくない、自分の幸福はこの人しかいないと思うようになっていた。

当たり前の幸せが桂子は欲しかった。

自分を裏切らない肉親の愛情が欲しかったのである。

ある休みの日、突然の来訪があった。母の明子である。桂子はとまどいながらも嬉しかった。

母は洗濯をやってやると言い出し、たいしてたまってもいない洗濯をやり始めた。

そうしている間に茂人が遊びにやって来たので、桂子は母に茂人を紹介した。

「桂子をよろしくお願いします」

母は深深と頭を下げた。

「何もできませんが、こちらこそよろしくお願いします」

茂人は会釈をした。

三人でうどんを食べたあと、母は先に帰ることになった。

玄関まで見送ると、帰り際に母が言ったのである。

「桂子ちゃん、あんないい人がいるんなら安心だわ」

母を送ってから部屋へ帰ると、茂人が待っていて、

「あの人が君の母さんか」

と、感心したように茂人は言った。

その日をさかいに、時折母が訪ねて来るようになったのである。


桂子は三年に進級した。信子とはクラスが別になり、桂子のクラスに転入生が入ってきた。

鈴木静代は明るくてとても愛敬があった。静代はアルバム等をもって来て、桂子に見せるのである。

静代は中学生の時に両親を亡くしたらしい。

姉たちが三人いたが、そんな両親のいない暗さを静代は見せなかった。

桂子は静代をアパートに招いたりして、付き合うようになっていた。

その頃、進也は結婚をし、続いて輝明も結婚をした。

しかし輝明の結婚は長くは続かず、半年くらい経って輝明は離婚をしたのである。

東金にはあれから一度も帰っていなかったが、帰りたいとは思わなかった。

茂人が、成東の実家に帰るから桂子を連れて行きたいと言うので、
と、桂子は少し不安な気持ちであった。

「私で大丈夫かな」

茂人の車で国道を走った。途中東金を通ったが、素通りをして茂人の実家まで向かったのである。

美川家の玄関で、茂人の母が表へ出ている姿が見えた。

「はじめまして、実川桂子です」

桂子は挨拶をすると中へ入っていった。父、兄、妹二人がテーブルを囲んで座っている。下の妹はまだ小学生であった。

皆でいなり寿しを食べ、談笑をしながらアルバムを見せてもらった。

家族の温もりを感じながら、桂子は茂人がこんな家族の中で育ったのだなあと思うのであった。


卒業の年を迎えようとしていた。

桂子は進路を迷っていたのである。

茂人とこのまま結婚をするのは早いと考えていたので、静代に話をすると、

「静代ちゃんは卒業したら、どうする」

「私はね、東京に彼がいるし、彼の実家は埼玉だから、たぶん一緒に帰ると思うわ」

静代は結婚してしまうのかと思った。

そんなある日、担任の先生から、

「実川は、上の学校を受けてみないか」

と言われたので、大学か、お金もないのにどうしたものだろうと思って茂人に話をした。

「桂子だったら受かるかもしれないよ。俺だって応援するし」

茂人に言われて桂子は受験をする気になったのである。

桂子は〇大学の二部を選んだ。学部は経営学部である。

そして桂子は合格をした。その夜は茂人と静代の三人で合格のお祝いをしたのである。

病院へは退職届を出した。

茂人と話し合って、千葉から通うのは交通費が嵩《かさ》んで大変だから、東京で住むことにしようということになった。


桂子の東京での生活が始まった。桂子のアパートは北池袋にあって、外から見ると、一〇度くらい傾いていそうな木造のボロアパートであった。

三畳一間で、台所とトイレは共同であり、東京のど真中で汲み取り式のトイレであった。

家賃は五千円である。

二階の窓から布団が干せることが、唯一の長所であった。

桂子が荷物の整理をしていると、ガラス扉がノックされて、小太りの愛敬のよい娘が立っていた。

「私、前の部屋の小倉恭子です。これよかったら飲んでください。引っ越し祝いに」

と差し出してくれた缶ジュースが、二缶である。

桂子は自分の紹介をすると、恭子と仲良くなった。

恭子は専門学校の学生であり、実家は小岩であるという。

桂子は仕事を探し、ウエイトレスをすることになり、最初は学費やら生活費の工面やらで大変であった。

給料が入るまでの十日間くらいお金がなかった。学校へは定期券があるので、通うことができた。

「ガスがあるから、お湯は沸かせるわ」

と恭子が言ったので、桂子はマーガリンを見つけて、

「これを二人でなめてよう」

と差し出した。

それから二人は十日間ほど、マーガリンをなめて暮らした。

後になって恭子が、

「私、もう一生マーガリンはなめないわ」

と言ったので、桂子は笑ってしまった。

茂人は通い婚に慣れ、土曜日の夜に来て月曜日の早朝に帰って行き、会社へ向かうのである。

夜、学校を終わると駅まで恭子が迎えに来ていた。二人は恭子の部屋で、恭子の漬けた漬物を食べ、お茶をすすって語った。

近くには銭湯が三軒もあったので、恭子と二人で、今日はどこの銭湯へ行こうかと決めたりするのである。

やがて、茂人は島めぐりをしようと、旅行へ出かける計画を立てていた。安い船旅で日本のいろいろな島を旅行しようというのである。

一つの船旅が終わると、また次の旅行を計画していった。

二人は日本の主な島はほとんど旅行するようになっていた。

大学三年のときである。

母から突然連絡が入ってきた。夫の中野がやっている工務店が潰れそうだから帰って来てほしいと言うのである。

桂子は躊躇《ちゅうちょ》した。

また、母に裏切られるのではないか——桂子は茂人に相談をした。

茂人は優しかったので、明子の力になってあげようと言うのである。

桂子は千葉へ帰ることにした。

中野はやつれていた様子であり、帳簿を見ても、何もかも丼勘定であった。

手形の期日には金の工面ができそうになかった。

そして結局手形は不渡りになった。

桂子たち三人は車に乗って逃げ迷うようになり、やれやれと桂子は思ったのである。結局、債権者会議を開き、自宅を処分することになり、債権者は納得をした。

中野には借金が残ったのである。

桂子はことの次第を茂人に打ち明け相談をした。茂人は決心したように言った。

「社宅へ入ろう。婚約者ということでも社宅へ入れるんだ。結婚式はその後でもいい」

そうして桂子と茂人は社宅へ引っ越しをした。成東の両親がそれを聞いてあわてて駆けつけてきたのである。

式も挙げずに一緒になってよいのかと心配をしていた。

社宅に入ってから一週間後に、桂子たちは入籍をすることになった。

社宅は三部屋と台所があり、鉄筋の十三階建てであった。

第二章　試練のとき

やがて長男が誕生した。

姓名判断の本を買ってきて、字画数を調べて〈大紀〉と命名をした。

大紀は大変可愛らしく、色白で女の子のようである。

桂子は赤ん坊の顔を見ていると、一日が飽きることなく過ぎていった。

——こんな可愛い子を私は絶対に手放せないわ——

桂子は何度もそう思ったものである。

一年が過ぎて、桂子たちは建売住宅を購入した。ひな段の分譲地で、土地は三〇坪ほどである。

まだ分譲地には空地がゴロゴロしていた。

続いて次男が誕生した。くりくりした瞳をしていて、まるでキューピーさんのようである。〈裕直〉と命名をした。

近くに大紀の遊び友達がいて、よく公園まで遊びに来ていた。

大紀と同じ年で、健太君と呼んでいた。

いつものように健太君が、車をガタガタと音をたててお母さんと一緒にこちらへ向かって来るのが見えた。

「健太君来たよ。大紀、遊ぶ？」

「遊ぶ。裕ちゃんは」

「裕ちゃんは寝かしておこう」

二人は出て行って、結局は健太君の家で遊ぶのである。健太君の家には遊び道具がたくさん用意されていた。


その頃、父が入院したと聞いて桂子は子供たちを連れて病院まで見舞いに行くことになった。

父は見る影もなくやせて、あの頃の脅威はまったくなかった。

克成の嫁である良枝が父の身の回りの世話をしていた。良枝の顔色は強ばっているようであったので、

「良枝さん、大変だったでしょう」

と桂子は労をねぎらって言った。

良枝の話では、克成はほとんど家に帰っておらず、他の女性と千葉で同棲をして

いるようであった。

東金のバイパスの道路沿いに家を建て、建築屋の店を構えていた。兄の子供は三人である。収入もまばらで、良枝は女の家まで行って貰ってくるようであった。

輝明は再婚をしていた。進也といえば離婚寸前であり、そのときはすでに別居をしていたが、進也には二人の子供がいた。

――兄たちは一体何をしているのだろう――

桂子は重い気持ちで東金をあとにした。


その年、桂子は大紀を形成外科まで連れていった。大紀の左耳は上の方がやや埋没耳であったため、二回ほど手術が必要であると言われたのである。

「こんなに小さいのに、二回も手術をしたらかわいそうだわ」

と夫に言うと、

「小学校へ上がる前に一度の手術で済ませてしまおう。これではメガネもかけられないからな」

ということになって、大紀の手術は六歳になってからやることに決めたのである。

翌年、父が他界した。

進也は離婚をし、兄嫁の照子が病気であることを聞かされた。

子供たちは照子が引き取っているらしい。

照子の借家まで行くと、照子は胃ガンの手術をしたあとであった。子供たちの手前であろうか、照子は笑顔を見せている。照子の笑顔がいじらしかった。

――この人は実川へ嫁に来て、何もよいことがなかったな――

桂子は照子が不憫《ふびん》に思えた。


やがて克成の会社が倒産をし、多額の負債を抱えて克成は行方がわからなくなっていた。バイパス沿いの土地も店も、人手に渡るようである。

それから二ヵ月経って、父に次いで照子が他界した。

進也は子供たちを引き取り、千葉で暮らし始めるようになったのである。

大紀が四歳になると、桂子の家の両隣に人が越してきて、環境が悪くなっていた。

桂子は思いあぐねた末、引っ越すことを夫に切り出したのである。一家は引っ越すことを決め、一時借家に住もうということになった。

借家は部屋数があり、四部屋と台所があった。狭い庭の中に砂場を作り、子供たちの遊び場を設けた。

そこでの暮らしに慣れた頃である。桂子は働きに出ることを考え始めた。

「私、働きに出ようと思うの」

「子供たちはどうするんだ」

「保育園へ預けようと思う。その方が安心だし」

結局、子供たちは保育園に預けて、桂子は仕事に出ることになった。

市の保育園であるが、ちょうど二歳児の部屋がいっぱいで、裕直は三歳児の部屋へ仲間入りをすることになった。

桂子の仕事は建築会社の事務であり、仕事にはすぐに慣れていった。職場にはパートも多く働いていた。

柏屋菊と安西綾子はパートで勤めていたが、桂子は菊の人柄がとても気に入って親切にしていた。菊は桂子より十歳年上であった。

会社へは自転車で通うようになり、保育園へ寄って子供たちを乗せると、スーパーで買い物をして家へ帰るのが日課となっていった。

菊とはお互いの家を行き来するようになり、親しく付き合いが始まるようになった。

ある朝、大紀が熱っぽく、体温を計ってみると、三七度である。桂子はどうしようかと迷ったが、

「大紀、今日はね、少し熱があるの。仕事を休めないから保育園へ行くけど、先生には内緒ね。わかった」

「わかった」

大紀が元気そうに答えるので保育園へ預けたものの、職場に電話がかかってこないか、ひやひやしていた。

「あともう少しでお母さんに電話するところでした」

主任先生から言われて、桂子は頭を下げた。

子供たちはお父さんが大好きであった。夫は大変子煩悩で会社から帰ってくると、

子供たちはお父さんの側を離れなかった。

その頃、夫は仕事のことで悩み、将来のことを考えあぐねていたのである。

「あなた、家のことは心配しないで。なんとかなるから、あなたの好きにしたらいいわ」

「俺は、もしかしたら会社を辞めるかもしれない。けれど、もうサラリーマンになるつもりはない」

二人で話し合って、夫は会社を辞めることになった。

十五歳のときから無遅刻無欠勤で十七年間勤めてきた会社である。

桂子は本当にご苦労様と言いたい気持ちでいっぱいであった。

また、厚生年金がもったいないので個人負担で続けることにしたのである。

夫が退職して、多少の退職金が入ったが、それには手をつけず、貯金をすることにした。

二ヵ月くらい、夫は休養をとりながら、新しい仕事の算段をしているようであった。

子供たちの送り迎えをしたり、家のことをこまごまと手伝ってくれていた。

やがて夫の新しい仕事が決まって、不動産会社に就職することになった。

そうして一年が過ぎた。

桂子は、その頃から身体の具合が悪くなり、床につくことが多くなった。

子供たちの保育園への送り迎えにも行けなくなってきたのである。

仕事は休みがちになり、会社へは休職届けを出すことにした。

「桂子は苦労したから、神様が休みをくれたんだよ」

と夫に優しく言われると、申し訳ない気持ちでいっぱいであった。

フラフラの身体で玄関まで行き、夫を見送るとき、その男らしい後ろ姿を見て涙がこみ上げてきた。

夫は朝早く起きて、子供たちの着替えを袋につめて背広に着替え、車に乗せて保育園まで連れていってくれた。

帰り時間には、会社から途中退社をし、子供たちを迎えに行き、家まで連れて帰るとまた、出社をするようになった。

子供たちがお腹をすかしていても、起きてご飯の仕度をすることもできずにいたので、桂子は母に来てもらえないかと思い、母に連絡をとってみた。

母の住まいは都賀にあり、通える距離のところにいたのである。

「私はね、今、人のことどころじゃないの。それにね、そんな暇ないんだから」

と、冷たい言葉が返ってきて、桂子は追い打ちをかけられるような気持ちになった。

——ああ、あの人が助けてくれたら。子供たちのそばにいてくれるだけでいいのに——

桂子の思いとはうらはらに、母は子供への執着がほとんどない人であった。

そのことで夫はよく言うのである。

「あの人は、腕がなくなろうが、足が折れようが、一生気がつかないで死んでいく人だ」

そういう夫の言葉が桂子には実感となっていた。

そんなある日、菊と綾子が桂子を心配して訪ねてくれたのである。

「美川さん、大丈夫。どうしちゃったんだろうね。きっと今まで頑張り過ぎたから疲れちゃったんだよ」

「安西さん、私もつらいけどお父さんが大変なのよ。申し訳なくてね」

「美川さん、来られるときは来てあげる。買い物とかあるでしょう。きっと治るわよ」

菊たちはそう言って桂子をなぐさめてくれた。

桂子は大学病院へ行き、検査を受けることになった。検査をする二日間だけ母が来てくれた。それだけでも桂子は助かった。

検査の結果は、どこにも欠陥はないということであった。

けれども現実には身体の具合は悪く、床についている日々が続いていた。

熱が出たり、食物を食べる気力もなえ、栄養剤をとるようにしていた。

そしてその年、入退院を三回ほど繰り返したのである。

——ああ母が助けてくれたら、母がいてくれたら——桂子は何度も何度もそう思った。

母は男への執着が強く、中野に捨てられないようにしがみついているのである。

やがて、大紀の小学校の入学式がやってきた。桂子は夫婦で出席したいと思い、フラフラの身体でスーツを着て、夫に伴われて式に出席した。

大紀の嬉しそうな満面の笑みがまぶしかった。

それから二年後、夫は独立することになったのである。小さくとも株式の会社にしようと言って、夫は会社作りに苦労をしていた。

西千葉に店を構え、株式会社大成ホームを創ったのである。

社員は男性営業マン二人と女性事務員一人であった。

桂子の具合は一向によくならなかったが、桂子は夫の仕事を手伝うことになった。

やがて裕直が小学校の入学を迎えたが、桂子は出席できそうになく、家で赤飯を炊いて待っていることにした。

式を終えてから、夫は安堵するように言うのである。

「ああ、これで二人とも小学生になったんだなあ」

それは保育園の送り迎えをしなくてもよい、一つの苦労が終わったのだという夫の言葉であった。

「あなた、本当にありがとう。本当にご苦労様でした」

桂子は夫に頭を下げ、感謝をした。

大紀は学校で剣道を習い始めたので、裕直はスイミングに通わせることにした。

送迎のバスが来てくれるので、バス停までの付き添いはなんとかやっていた。時たま、母が思い出したようにやって来ることがあった。

それでも桂子は助かった。

具合のよいときはなるべく会社へ出るようにしており、早めに帰るようにしていた。子供たちの夏休みには、白浜の海へ海水浴へ出かけるようにしていたので、二泊三日の旅は家族にとって楽しみの一つであった。

裕直はバケツにいっぱいの渡り蟹《がに》をとってきて喜んでおり、大紀は小魚をたくさんすくってきて、洗面器に浮かべてはしゃいで遊んだ。

白浜の海から帰ってくると、疲れが出たのか、桂子は熱が出て床についた。熱が下がらず、苦しい状態は一週間くらい続いたのである。

夫は母に連絡をして、来てもらうことにした。

「お母さん、家に来てもらえませんか。桂子はこんな具合だし、家にいて子供たちの傍にいてくれるだけでいいんです。お母さんの面倒は私が一生みます。葬式も出しますから、お願いです」

「私はね、子供の世話はあまり得意じゃないのよ。それに、まだやりたいことがあ

る し……」

母の返事はにべもなく、まったく話にならなかった。

この人は鬼だ、いっそこの人が私の代わりに死んでくれればいいのに——とさえ、桂子は思った。

この人とは、あの二歳のときからもう親子の縁が切れているのかもしれないと思い、桂子は涙が出た。

夫の仕事は営業であるため、夜でも出かけることが多く、桂子も大変であった。

その日は桂子も具合がよく、台所仕事をしていた。

「桂子、ちょっとお客さんの家へ行ってくるから」

夫は着替えて勝手口に立って言った。そのときの姿がとてもりりしく、桂子の目に焼きついたのである。

夜半過ぎまで夫は帰らなかった。夜中に玄関のチャイムが激しく鳴って、見ると警官が立っていた。

「ご主人が倒れられて病院にいます。すぐに行ってください」

桂子は足が震えて歩くことができなかった。

――嘘だ、嘘だ――桂子は車に乗ると、落ち着くように言い聞かせ、ゆっくりと運転をして病院までたどりついた。

病院へ着き、見ると夫は昏睡状態であった。

医師に説明を受け、くも膜下出血であると聞かされ、脳のレントゲン写真を見ながら状態を聞いたのである。

病室へ戻ると、夫のそばに付き切りで看病をした。そけい部を冷やし、何度も何度も氷をとりかえた。

――嘘だ、嘘でしょう。あなた、私たちをおいて逝かないで。お願いだから目を開けて――桂子は心の中で何度も祈った。

未明頃、夫の瞳から大きな一粒の涙がこぼれて、流れ落ちた。

――あなた、あなたはわかっているのね、今死んでゆくこと。口惜しいのね。口惜しいのね――その思いは、夫婦にしかわからないことであった。

昭和六十三年八月十五日、美川茂人は愛する家族をおいて逝ってしまった。

裕直の八歳の誕生日であった。三十八歳の若さで夫は逝ってしまった。

葬儀は成東の実家で行われることになった。桂子は事務員に連絡をとり、個人名義の通帳から二百万円をおろしてきてもらった。

全額を葬儀の費用にあてて、初七日を迎えるときであった。

夫の母から突然言われたのである。

「桂子さん、これに名前を書いてちょうだい」

それは、いわゆる離縁状のようなものであった。

美川家は嫁に行った姉が采配をふるっていて、両親も姉の言いなりであった。その書面は姉の書いたものであった。

桂子が呼ばれたときである。台所の片隅で裕直と大紀が立っていた。

裕直の瞳は今にもこぼれそうな涙を我慢しているかのようであった。

大紀の胸にボコボコとこぶしをたたいて、

「くやしいよ、くやしいよ、お前なんか死んじゃえばいいんだ」

そう言いながら、やり場のない気持ちを大紀にぶつけていた。

大紀は、ただ黙って裕直の気持ちを受け止めていた。

二人の姿に桂子は心が痛んだ。

そうして桂子は言われる通りに名前を書いた。

――なぜ、こんなひどいことをするんだ、子供たちは美川家の孫ではないか。可愛くないのか。あんたたちは人間じゃない――

桂子は心の中で泣いていた。

千葉へ帰ってきて親子三人になると、涙が流れて止まらなかった。悲しくて、口惜しくて、死んでしまいたい思いであった。

もう二度と夫はこの家には帰ってはこないのだと、桂子は思いを深くした。

幼い子供たちの顔を見ていると泣けてきた。生きるためには耐えるしかなかった。桂子には助け手はいないのである。

男の子にとって、父親とは全世界、全宇宙といっても過言ではない。

子供たちにとっては一瞬の出来事であり、そのショックは大変なものであった。

それでも、桂子は悲しみに沈んでいる暇はなく、支払いや仕事の流れの処置など、しなければならないことが迫っていた。

大きな問題は、夫が建売り用に買った土地のことであって、桂子は思案をしていた。

進也に相談をしたところ、進也は翌日の夜に克成を連れて桂子の家を訪れた。

数年ぶりに見る克成の顔は落ち着いていて、今は宇都宮に住んでいるらしい。

不動産の仕事をしていて、生活は安定しているようであった。

克成の助けも借りて、その問題はなんとか解決の方向へ向かっていった。

「お前は、今とっかかりの仕事が終わったら会社を辞めろ」

と克成に言われた。桂子もそう考えていたのである。

そうして仕事をしていると、新しい仕事が入ってきて、ずるずると仕事を続けることになっていった。

男子社員は解雇して、事務員と二人になった。

夜は専門学校へ通い、宅地建物主任者の勉強を始めることになった。

子供たちの傍にはあまりいられなくなり、心の中でごめんね、ごめんね、と詫びるばかりであった。

——墓を買わなくちゃあ、なんとか自分の墓を買って実家の連中には二度と墓参りをさせたくない——桂子はそう思っていた。

夫の知人に相談すると、市の霊園が近く、抽選をすることを知ったのである。

抽選の日、桂子は祈って出かけた。なんと四番目に抽選は当たったのである。競争率は五倍であった。

手続きをすぐに済ませた。霊園の近くの石材屋に頼むことにして、外回りの石だけはとりあえず完成させたのである。

墓を移すときは、田舎の流儀にのっとって、近所の一軒一軒の家を挨拶して回った。そうして墓は無事に移すことができた。

――もうこれで茂人さん、安心して眠れるね――桂子は、ほっとしていた。

子供たちの学校での生活は、なんとか平穏にいっているようであった。

「裕ちゃん、学校でいじめっ子とかいない」

「いるけど、裕君はかわいそうでいじめられないっていう」

「そうか、そうか」

子供たちが登校するときは、桂子は横になっていることが多かった。裕直は玄関で大きな声を出して、

「行ってきます」と出て行った。

ある日、ご飯が炊いてあり、冷蔵庫にはおかずが入っていた。

「僕がご飯炊いたあ」

桂子は裕直のいじらしさに涙が出そうになった。親に気を遣っているのであろう。

こんな苦労をかけてごめんねと、桂子は思っていた。

その頃、大紀は精神的に不安定な状態になっていた。大紀に必要なのは父親の存在である。お父さんが好きで大好きな大紀にとって、父親に近い存在が必要であった。

桂子は悩んでいた。

そのことで克成に電話をしたのである。

「あんちゃん、大紀がね、状態がよくないの。もう仕事どころじゃないよ。どうしたいいかわからない」

その電話の後で、二日後に克成は来てくれた。女性を同伴しており、年は桂子より二つ年下であるという。

「光子です。はじめまして」

「よく来て下さってありがとう。本当に嬉しいです」

桂子は二人に大紀のことを相談した。

結局、大紀は克成が預かってくれることになったのである。

宇都宮行きの日が決まって、桂子は母を呼んだ。今日だけは泊まっていってほしいと頼んで、母は泊まっていってくれることになり、その晩は四人で並んで眠った。

宇都宮へ行くとき、克成は車で来るなと桂子に言ったので、桂子は引っ越し屋に頼んで宇都宮まで行ったのである。

「光子さん、大紀のことどうか、よろしく、よろしくお願いします」

桂子は深深と光子に頭を下げた。

そうして千葉へ帰ってくると、桂子は三日間雨戸が開けられない状態であった。

我が子を初めて手放して、桂子は世間が恐くなった。

二ヵ月が過ぎ、桂子は会社を閉めようと考えるようになっていた。克成に相談をした。

克成は会社を引き継いでもいいと言い出し、宇都宮に大成ホームの支店を出すことになったのである。

そのことで大成ホームは県知事免許から建設大臣免許を取ることになった。

免許を取る過程が大変であった。申請の手続きは厳しく、査定は慎重に進められ、ようやく免許がおりたのである。

そうして八ヵ月が過ぎた。ある晩の十二時頃である。

光子から突然電話がかかってきた。

「桂子さん、あの人出て行っちゃった。私ひどいことを言っちゃって、あの人出て行っちゃった」

桂子はこのことを聞いて、大紀を引き取らなくてはいけないと思った。

宇都宮へ迎えに行く前日は眠れなかった。大紀をどうやって包んでやろう。大紀の心の思いは桂子には痛いほどわかっていたからである。

大紀が戻ってきて、新しい生活が始まった。桂子は腹を括った。

――待とう、時を待とう。大紀が大人になるまで時を待とう――

あとわずかで大紀が卒業という謝恩会の後である。大紀と二人で校門の近くの車の中にいた。

「大紀、ごめんね。今日は家まで送ってあげられない。直ぐに会社に戻らないと、お客さんが待っているから。本当にごめんね、ごめんね」

「いいんだ、俺のことはいいんだ」

そう言うと、大紀は車を降りて、右手で顔を拭うように後ろも振り向かずに駆けていった。大紀の後ろ姿を見送りながら、桂子は心が痛んだ。

茂人が亡くなって、桂子に対する世間の風あたりは一変し、冷たくなっていった。業者は桂子のことをおもしろおかしく噂話するようになった。

その頃、桂子は宅建協会から呼び出しを受けたのである。

茂人のやった仕事のことで、仲介業者である大成ホームだけが、つつかれたのである。売主も工務店もあってのことなのに、大成ホームだけがつつかれて、桂子はまいっていた。

桂子は茂人の知人を頼って弁護士を紹介してもらい、その弁護士に一任することにしたのである。

そんななかで、桂子は人に騙されることがあった。相手は豊口孝といい、茂人の友人であり、かつては家にも時々遊びに来ていたのである。

豊口が茂人の友人であったことで、桂子は心を許していた。そのことを豊口は読みとって桂子を端から騙す計画でいたのである。それは周到な詐欺であり、豊口は行方をくらましてしまった。

この世で殺人という罪が許されるなら、桂子は豊口を殺してしまいたかった。

この男にも子や孫がいるはずである。この家族は安穏と暮らしていられるのだろうか。

そうして桂子は世間に散々いじめられて開き直っていた。矢でも鉄砲でも持って来いよ、笑いたければ笑え、といった気持ちであった。

桂子の心はボロボロであった。

克成は光子に言っていたらしい。

「あいつも宇都宮へ来ればいいのになあ」と。

そのことを克成が桂子に言ってくれれば、桂子は子供たちを連れて宇都宮へ行っていたかもしれない。


家を建てよう、自分の家を建てようと桂子は思った。大紀の中学の入学までに家を建てたかった。

結局桂子は千葉市の郊外の田舎に農家から土地を買った。そして6DKの白い家を建てたのである。

大紀は中学への進学を控えていた。

「俺はどこの中学へ行くんだ。新しい制服を買わなくちゃあ」

「大紀はね、T中学へ行くから、明日二人でデパートに行こうね」

そうして二人はデパートへ出かけていった。店員さんが試着の準備をしてくれた。

「お母さん、できましたので見てください」と言って試着室のカーテンを開いたので、見ると大紀が黒い制服を着て立っていた。

——ああ、この子がやっと中学生になるのだなあ——という実感がわいてきて、桂子は涙が出そうになって横を向いてしまった。

「お母さん、よろしいですか」

店員さんがそう言っていたが、桂子はろくに見ることもできずに、

「いいです。よろしいです」

と答えた。


やがて一家は引っ越すことになった。

桂子の家の周りには一軒しか家がなかった。

プレハブの建物で大工の家である。野口という表札がかかっていた。

裕直は新しい小学校へ転入することになり、大紀は自転車通学で中学校まで通うことになった。

桂子は子供たちに挨拶することをまず教えた。知らない人でも誰でも自分から挨拶できることを教えたのである。

その頃桂子にも、親しく付き合える業者ができていた。

七福ハウスの野平六郎である。野平は桂子のことを〝ママ〟と呼んでいた。六十近くの恰幅のよい男性である。

昼頃になると毎日のように会社へ電話がかかってきて、

「ママ、めしは食ったかい」

と言ってくるのである。

「まだ、食べられないよ」

「ダメだよ、食べなくちゃあ、いいから食べに来いよ」

と言って野平の事務所へ行き、昼飯を食べるようになっていた。

野平は桂子が女だからといって、決してなめた口の聞き方はしなかった。

桂子は野平の事務所の冷蔵庫をかってに開けて物色したり、野平は桂子の家にも買い物をして遊びに来るようになっていた。

また、野平の家にも招かれて、遊びに行くようになった。

野平は桂子のことを〝大社長、大社長〟とよく言うので、「馬鹿にするな」と怒ったりもした。

しかしながら、近所の大工の野口のいやがらせが始まったのである。

野口は桂子に興味を持ち、ストーカーまがいのことをしてきたのである。

桂子の出勤時には車であとをつけたり、家を出るまで隠れて待ち伏せをするようになった。

そのあまりのしつこさに、桂子は野口の家に火をつけたい思いであった。

子供たちがいるので逃げるわけにもいかず、桂子はまいっていた。

裕直が登校する時は、野口家の前を通り過ぎるまで一緒に歩いてゆき、子供たちが学校から帰る頃は車に乗せて時間を潰し、夜になって家へ帰るようにしていた。

いやがらせはしつこく続いて、昼間はなるべく家にいないようにしていた。

桂子の家にお客さんがあると、その客の車のタイヤをいたずらされたり、何かにつけて音をたてられるのである。

そんなある日、菊と綾子が訪ねてくれたのである。

桂子には菊たちが神様に思えた。そのときの嬉しさは忘れられない。

「あなたは、細い身体で両手両足をふんばって子供を守るぞーっと吠えてるみたいで、同じ母親として愛しくて抱きしめてやりたいよ」

と綾子が言った。

「本当に、美川さんは子供を守るのよね。その思いがこっちにも伝わってくるわ」

二人の優しい言葉が桂子には嬉しかった。

桂子はありがとう、ありがとうと何度も礼を言って綾子たちの車が見えなくなるまで、見送っていた。

そんななか、裕直が元気をなくしている様子であった。

桂子は裕直を元気づけようと思い、

「みんなで海へ行こう。九十九里の海へ行って焼き蛤《はまぐり》を食べよう」

「イカも食べていいか」

「いいよ、いっぱい食べて元気になろう」

桂子たちは車を運転して海まで突っ走った。海に着くと子供たちは貝を拾いながら、ずっと遠くまで歩いて遊んだ。

引いてはおし寄せる波に立って、子供たちの遊ぶ姿を見ていると、気持ちが洗われるようであった。夕方も近くなってきて、三人は帰ることにした。帰り道の車中で大紀は言うのである。

「百万円でお父さんが買えないかなあ」

「そうね、買えるといいね。でも、百万円じゃあいい人が来ないかもね」

大紀の気持ちが桂子の心に染みた。

父親のいない空白をどうすることもできないのだ。


ある日、裕直に電話がかかってきた。桂子はたまたま二階でその内容を聞いていたのだが、どうやら脅しめいた内容である。桂子は急いで階下へ降りていき、裕直に話を聞くことにした。

「どうして母ちゃんに黙っていたの。我慢しなくていいの。みんなの名前と住所と電話番号を教えなさい。話をつけてやるから」

そう言って桂子は四人グループの全員の生徒と親に会って、きっちり話をつけたのである。そのことがあってから、二度と電話はかかってこなくなった。

やがて裕直は大紀の通っているT中学へ進級することになった。

桂子はまた、具合を悪くした。今度はもう駄目だと思い、急きょ一番近くの総合病院に入院することに決めたのである。

——あの人に言っても来てはくれないだろう——という思いで、母には何も連絡はしなかった。

子供たちには当座の金を置いて、桂子は入院をしてしまった。

入院中に野平が見舞いに来た。

「なんだ、ママ、死んじゃうんじゃないか」

と言って心配をしていた。

菊が来て、

「お母さんに連絡をしてあげようか」

と言ってくれた。

数日後、母は子供たちを連れて見舞いに来たのである。大紀が、たまった郵便物を持ってきて、

「母ちゃん、俺たちのことは心配するな」

と笑って言った。

――無理してるんだろうな。心細いだろうな。母は来てくれたが、泊まっていってはくれないだろう――

そういう思いで、いっぱいであった。

入院は三週間くらいであった。入院中はずっと子供たちのことが心配であった。死の淵をさまよいながら、桂子は想い続けた。

――私が死んだら、子供たちは両親のいない子になってしまう。そんな辛い思いはさせられない。生きなくては、なんとしても生きなくては――

ただそればかりが、桂子の脳裏に去来していた。

それから、ようやく退院をすることができた。退院してからも具合はあまりよくなく、床についていた。

子供たちのために私は死ねない。桂子は何度も何度も自分に言い聞かせ、気力を

ふりしぼって起きた。

病気のとき、それは自分との闘いである。桂子の場合は自分の精神力でしかなかった。病気になってやるものか。負けるものか。

そう思いながら心の中で闘った。


平成四年になって、桂子はある決心をした。会社を閉めることに決め、克成に電話をしたのである。

「あんちゃん、私、会社やめるからもう本当にやめるから」

兄は、とまどっているようであった。

「仕事はしなくてもいいから、自宅を事務所にして形だけはとっておいたらどうだ」

「もう気力がないし、何もかもやめたい」

桂子の言葉を克成は理解したようであった。

あんちゃん、ごめん、何も残してあげられない――苦労して取った建設大臣免許を兄に残してあげられない。

桂子は克成に対してそういう思いであった。会社を閉めるにあたって、男手が必要であったので、進也に頼むと、

「金を出せば、いくらでも他人がやってくれる」

と言い、にべもなく断わられた。

桂子はいろいろな手続きを済ませ、人手を頼んですっかり会社を閉めてしまった。

なぜか、すっきりした気分であった。

その頃の桂子には借金もなく、宇都宮にあるアパートの家賃収入が若干入ったので、親子三人が食べていくくらいのことは、なんとかなっていた。

――しばらくは子供たちの傍にいよう――

そう思って桂子は家にいて、家のことだけをしていた。

しかしながら、野口のいやがらせはしつこく続いていた。

桂子はますます人間嫌いになっていった。世の中の人間はみんな大嫌いであった。人間のいないところへ行ってしまいたい。いつもそう思うようになっていた。

その頃、進也は長い間同棲中の女性と入籍をした。

相手は金持ちの跡取り娘で、進也は婿へ行くことになった。相手には三人の子供

がいた。

桂子は何をするふうでもなく、ぶらぶらと家にいた。

そんなとき、知人から誘いを受けていたことがある。「寿司屋のレジをやらないか」と、知人はしきりに言ってきた。

寿司屋か、と思って桂子は聞き流していた。けれど、野口のいやがらせがしつこくて、何かパートにでも出てもいいと考えていた。

桂子は、子供たちが学校に行っている間はパートに出ようと思い、知人に早速知らせたのである。

知人は連絡をとって、面接の日時を言ってきた。


千葉の蓮池にある〈万久〉は、八十年からの老舗であった。客筋もなかなかよく、その界隈には割烹やスナックが並んでいた。

万久のおかみさんはとても明るく、いかにも商人のおかみといったふうであった。親方も大変いい人であり、こんな飲食店にしては珍しく気さくな人たちである。

桂子は働くことになった。時間は三時までのパートである。親方が、

「慣れたら五時までいてください」

と言ったので、桂子はあいまいに返事をしていた。

桂子の仕事はレジの他に帳簿や伝票の整理、そして接客であった。

店のエプロンはあまり気に入らなかったので、桂子はピンク色の自分のエプロンを使うことにした。

朝はレジの金を確認し、出前用の金の用意もあって銀行へ行き、一番に両替をした。

時間は三時までなので、要領よくやらないと終わらないのである。

おかみさんは大変喜んでいるようであった。

「今までね、美川さんみたいな人に出会えなかったの。本当に助かるわ」

と言っていた。

そこは官庁関係の売掛も多く、事務処理は結構大変であった。

洗い場の人たちや板前さんたちが食事に入る時間でも、桂子の仕事は終わらないことが多かったのである。

店にはとても愛敬のよい板長がいて、みんなは、浦さん浦さんと呼んでいた。

桂子は浦に、「浦って本名なの」と尋ねると「本名だよ」と答えてくれたので、珍しい名前だと覚えてしまったのである。

浦は桂子のことを、おねえさんと呼んでいたが、一週間くらいして呼び名が桂ちゃんに変わっていった。

浦清和は桂子に親しく話しかけてくれた。レジで事務処理の仕事をしていると、「大変そうだね」と声をかけてくれた。

桂子は浦の人柄が気に入り、自分からも親しく話をするようになっていた。

ある日のこと、食事の時間にみんなで話をしていて、「今日は早く帰って、自転車の空気入れを買わなくちゃあ」と言ったところ、「空気入れならあるから、あげるよ。帰りに寮へ寄りなよ」と浦が返事をしてくれたのである。

桂子は缶ジュースを買って浦の寮へ出向いていった。

浦にはなぜか人を安心させるものがあって、桂子は安心して浦には話ができたのである。

桂子はいろいろと悩みのことを浦に打ち明けるようになった。

浦は、大変だなあ、大変だなあ、と言って桂子の話を聞いてくれたのである。桂子が寮へ行くときは、浦はいつも桂子のためにプリンやゼリーを冷蔵庫に買っておいてくれた。

浦は桂子より八歳年下であったが、とても優しくしっかりしていた。

桂子は仕事が終わると、毎日のように寮へ寄って二人で話をするようになった。

浦の田舎は青森県の下北郡であること。両親は健在であるが、母親は目が不自由であること。そして浦は大変な親孝行であること等々。

桂子はその頃考えていることがあって、家を売ろうと思っていた。

子供たちの学校を転校しなくてもいいところに、借家を借りて暮らそうと思った。

そして野平に自分の家を売ることを頼んだのである。

浦は日曜日が来ると、オートバイに乗って桂子の家へ遊びに来るようになった。

大きな袋にハンバーガーをいっぱいつめてやって来た。

子供たちは浦の人柄になついていった。

四人でよく食事に出かけるようになり、浦の食欲には皆で驚いていた。

三人前は食べるので、「浦さん、すごい」と裕直は感心していた。

そんなある日、野平から電話がかかってきて、桂子の家の買い手がついたというのである。

桂子はそのことを子供たちに打ち明けた。

すると裕直が強硬に反対をしてきた。

「学校は転校しないんだから、わかって」と言ってもきかないのである。

桂子は困り果てて、浦にそのことを相談した。浦はそのとき、

「俺が一緒に暮らしてやる」

と言ってくれたのである。

その晩、浦は田舎の両親へ電話をかけた。一緒になりたい人がいるが、その人は年上で子供がいること。そしてこれからは仕送りはできないことなどを話した。

浦は高校を卒業して、板前の世界に入ってからずっと田舎への仕送りをし続けてきた人である。

田舎の両親は諸手をあげてでもないだろうが、「お前がいいならいいだろう」と言って賛成をしてくれた。

板前の世界は厳しい世界である。サラリーマンのようにボーナスもなければ退職

金もなく福利厚生はほとんどないのである。

桂子は万久を辞めることにした。おかみさんは非常に残念がって、

「せっかく入った事務の人なのに、美川さん、忙しいときはまた手伝ってちょうだい」

と言ってくれた。

清和が一緒に暮らすようになってから、桂子は肩の荷が少し軽くなったようで幸せを感じていた。

田舎の母から時折段ボール箱に入った贈り物が届くようになって、見ると色違いのちゃんちゃんこが一組入っていた。

母は和裁のできる人だと聞いていたので、桂子は嬉しくなって緑茶を母に送ったのである。

電話ではよく母と話すようになって、桂子は少し幸せになっていた。

清和と一緒になって一年くらいが経って、桂子たちは入籍することにしたのである。

清和は美川姓を名乗ってくれることになった。

第三章　雪　柳

大紀が高校受験を迎えていた。特に塾へは行っていなかった。三年になって大紀が冬期講習と正月特訓を受けたいと言ったので、桂子は快く費用を出すことにした。

大紀はそうして志望校の県立高校へ合格をし、すべり止めの私立校へも合格をした。

桂子は嬉しくなってみんなへ電話をしてしまったのである。

高校へは自転車で通うことになり、大紀は学校での生活が楽しそうであった。

――よかった、よかった――桂子は胸をなでおろしていた。

大紀は、だいぶ落ち着いてきて、大人になってきたようである。

そんななか、桂子は時々具合が悪くなって横になることが多くなっていた。

清和は心配をして店から電話を何度も入れるようになっていた。

「あなた、ごめんね。今日は何もできない」

「いいよ、いいよ。何か買って帰るから。寝ていていいから」

清和の優しさに桂子は胸がいっぱいになっていた。

そうして桂子が寝ているとき、裕直は一階のリビングに電気をつけて清和の帰りを待っていたのである。

清和が帰ってくると、裕直は自分の部屋へ戻っていった。

ある日、清和は万久を辞めるからと桂子に言うので、桂子は理由を聞かずにいた。新しい職場の見当はついているらしい。

そんなとき、母から連絡が入ってきて輝明が病気であると告げてきた。

桂子は母を乗せて二人で病院まで見舞いに行くことにした。

兄嫁の里子は輝明が食道ガンであることを説明した。輝明には二人の娘がいた。輝明と里子はよくもめていて、いつ離婚してもおかしくない状態であった。

病室では輝明は元気そうで、

「よく来た、よく来た」と、椅子に座るようにすすめてくれた。

「桂子が困ったことがあったら、なんでも俺に言え」

と言うので、兄がこんな優しいことを言うのは初めてだと桂子は思った。

それから一日置きに病院へ見舞いに出かけたが、状態はよくなく、輝明は半月ばかりで他界したのである。

葬儀は里子の入っている宗教の関係で、僧侶のいない〝友人葬〟とかいうもので行われた。

輝明が他界して借金が残っていた。

里子は四十九日も迎えないうちに、夫の保険金で建売住宅を購入した。

夫の借金を克成と進也に談判して支払わせてしまったのである。

――大した食えない女だ――と桂子は思った。


やがて裕直の中学二年の二学期が終ろうとしていた頃、裕直はある塾のパンフレットを持ってきて桂子に差し出した。

三学期からこの塾へ通いたいというので、桂子はいろいろと質問をした。

裕直はサッカー部をしていて、日曜日にはよく練習試合があった。練習試合には送り迎えをしていたので、時間はいっぱいである。

他に友達とボランティアの活動もしており、時間は大丈夫かということであった。

裕直は塾へ行く意志が固かったので、桂子は塾の費用を出すことにしたのである。

日曜日の練習試合の後は、ユニホームも脱がせず上から制服を着せ、車に乗せて塾まで直行していた。

帰りにはバス代を渡し、バスで帰ってくるようにしていた。


清和は新しい職場が決まり、宅配の寿司屋に勤めることになった。

何もかもが立ちの店とはシステムが違っていて、清和は新しいシステムに慣れていったようである。

桂子は裕直の塾の進路説明会があるときは、なるべく出席するようにしていた。

その頃、千葉の幕張に単位制の新しい県立高校が開校になるということであった。

桂子はその学校に興味を持ち、偏差値や人気度を調べるようになった。

裕直は三年になって、志望校はある程度決めていたようである。

桂子はその学校への進学をすすめて裕直に話をした。

「今になって迷わせるのか」

裕直は、とまどっているようであった。

先生に相談をしたところ、

「美川君だったら推薦で大丈夫でしょう」

と言ってくれて、裕直は推薦で行くことになったのである。

試験の当日は、裕直は論文があまりよく書けなかったらしい。

結局、推薦では不合格となってしまった。

「こうなったら、実力勝負だね」

と桂子は発破をかけて受験をさせることにしたのである。

裕直は無事にその高校へ合格をし、開校一期生となった。

合格の日は清和がたくさんの買い物をし、イタリアンや中華等の料理を作ってくれて、皆で食べたのである。

裕直は中学の三年間、一日も欠席をすることがなく、皆勤賞をもらってきた。

意地が強くて、頑固で、茂人さんそっくり――桂子はそう思っていた。

裕直の高校の通学は大変であった。

自転車とモノレールと電車を使って、片道一時間半はかかった。

裕直は、捻挫をしても風邪をひいても、休まず通学をしていた。

裕直も高校へ行くようになり、桂子は今度こそ家を売ろうと考えていた。

引っ越しをして町中で暮らそうと思った。

清和にそのことを話し、清和も賛成をしてくれたので、桂子は家を売る手配をすることにした。

そうして桂子の家にはようやく買い手がつき、新しく住所も決まり、あとは引っ越しを待つばかりであった。

平成八年五月のことである。

桂子の家が突然、竜巻におそわれたのである。時間にしたら数分の出来事であった。

突然の横なぐりの雨が激しくなり、桂子が雨戸を閉めようとしたときである。サッシのガラス戸を破って土砂が入ってきたのである。何事が起こったのかと慌てて表へ出てみると、屋根はめくり上がり、二階は雨でずぶずぶになっている状態であった。

近隣の八軒ばかりの家はすべて、竜巻におそわれていた。

本当にこんなことがあるのだろうか。桂子は茫然自失をしてしまった。

このことは、ニュースにも取り上げられ、桂子の家はテレビ局の取材を受けた。

この大雨のなかで、急きょ屋根だけの補修を急いだのである。

家族は一階のリビングだけを使うことにして、しばらくは暮らすことになった。

桂子はとにかく、家の補修をすることで頭がいっぱいだった。

清和の店は年中無休で休むことができず、桂子は一人対処に追われていた。

引っ越しの期日までに補修をしなければならず、その損害は大変なものであった。

桂子は精いっぱいかけずり回って、なんとか期日までに補修を終わらせ、一家は新しいマンションへ引っ越しをしたのである。

しかしながら家族は、竜巻を受けたショックが落ち着くまでには時間がかかった。


大紀は高校三年になり、大学への受験を決めていたようであった。

大紀の受験への準備はあまり整っていないらしく、桂子はどうしたものだろうと思っていた。

二学期になって志望校を決め、私立大学を三校ほど受験することになった。

そうして受験をすることになったが、結果は三校とも不合格であった。

清和と桂子は就職をしたらどうかと、大紀を説得するようにしていた。

大紀は大学への進学を、あきらめきれないようであった。

そんなとき、大紀は桂子に新聞奨学生のしおりを渡して言った。

「俺は、ここの新聞配達をして予備校へ行くから」

大紀の思いは強いようである。

桂子は清和と相談をして、大紀の思う通りにさせようということになった。

果たして大紀にこの仕事が勤まるのであろうか、内心では桂子は不安であった。

そのとき、大紀はバイクの免許を取得してはいなかった。

大紀は寮へ入るため、家を出ることになった。

新聞配達店の寮は幕張にあった。しかし、大紀は配達の仕事をするよりも先にバイクの免許を取らなければならず、大変であった。

それから予備校を決め、四月から配達の仕事をすることになったのである。

学費や寮費は奨学金でまかなわれ、給料は支給されるのである。

桂子は、この仕事を大紀が一年間やり通せるのか不安であった。

二ヵ月くらい過ぎて、桂子は大紀の住んでいる寮へ出向いていった。

大紀の顔を見ただけでなぜかほっとしたのである。

部屋の中は荷物が結構あり、前に住んでいた学生の残していったベッドや本棚が置いてあった。

「仕事の方はどうなの、勉強はできるの？」

「勉強はあんまりできないな。毎日のことだから、三時になるともう目がさめてしまうし、身体が起きてしまうよ」

「食べる物を食べて体力をつけないと、あんたは背ばっかりのびてしまって、もう少し太れないものかね」

大紀の身体つきは、桂子に似て痩せていたのである。

一時間くらい大紀と喋ると、桂子は帰ることにした。

帰り道で、これからは時々大紀の様子を見に来ようと桂子は思っていた。


桂子には、自分で気を付けていることがあった。

それは、気軽に神社や寺の門をくぐれないことである。寺の中の物を拝んだり、神社のお札等を置くと具合が悪くなるのである。

熱が出たり、頭がガンガン痛くなり、苦しくて起きられなくなってしまい、お盆や彼岸等と仏教行事の活発になる時期には決まって寝込んでしまった。

清和は一緒に暮らすようになって、桂子のそういうところに気付き、

「明日からお盆に入るから、桂子は気を付けるんだよ」

と、桂子を気遣って心配をしていた。

縁起物の置物を置いたときなどは、桂子だけではなく、清和までも具合が悪くなったのである。

このことは、桂子にしかわからないことであった。

桂子は自分を知りたかった。本当に知りたいと思った。

桂子は霊的に敏感であることを感じていた。自分を守るためには、霊的な影響を受けるものは一切身近に置かないようにしようと考えた。

そして、桂子は一つのことに気が付き、仏壇を取り払ってしまうおうと思った。

位牌や仏具はすべて寺へ持っていき、仏壇は仏具屋へ引き取ってもらうことにした。

美川家にはこんな物はいらない。こんな物がない方が、よっぽどすがすがしく暮

らせるのである。

何もかも取り払って、桂子はとてもすっきりしていた。

しかし、お墓のことが気になっていて、戒名だの施主だのという文字は消したくて、これは直さなくてはいけないと思っていた。


しばらくして桂子は、清和の仕事を手伝うようになった。

三時までのパートである。桂子は元来、手先が器用な方だったので、寿司屋の仕事を覚えていった。

清和は、職人気質で、いわゆる一刻者であった。このことで、桂子は清和とよく対立をした。

仕事だけでなく、普段の生活においても清和は意固地であった。

「そのこちこち頭はなんとかならない？　その思考回路を直さなくちゃあ疲れちゃうんだから」

とよく清和に言っていた。

仕事のある日でも、桂子は具合が悪くなることがあった。いつも病気との闘いである。人手のないとき、清和は困っていたので、桂子は心の中で悪いなあと思っていた。

裕直は母親の具合をよく知っていたので、ワイシャツ等のアイロンかけはやっており、時々は自分の食事を作るようにしていた。

そのことで、

「ごめんね」と桂子が言うと、

「いつものことで」

と裕直は答えるのである。

『教会へ行こう』

自分を知りたい。自分の人生を納得したいと桂子は思った。

そうして桂子はバプテスト教会へ行くことにした。教会の礼拝は大体日曜日の十時か、十時半である。この礼拝に出ることが桂子には大変なことであった。

店は年中無休であり、まして土、日、祭日は忙しい日であった。

清和は土曜日の夜は、翌日の仕込みがあって帰るのは深夜になっていた。帰宅をしてから食事をし、休憩をとって寝るのは三時過ぎである。

そうした生活であると、桂子の体調からして朝の十時の礼拝に出るのは、大変きつかったのである。

それでも桂子は教会へ行こうと思った。

その教会は古い建物で、桂子には教会が懐かしかった。

十六歳で家を出てからすっかり信仰から離れていたのである。

その教会の牧師夫妻は七十年配で、とても気さくな人たちであった。

牧師夫人は相原正子といい、みんなは正子先生と呼んでいた。

礼拝の日には正子は、桂子の傍に座っていろいろ親切にしてくれたり、聖書の話をするのである。

桂子は正子の人柄が好きになり、率直に話をするようになっていった。

それからの桂子は、ますます聖書を読むようになった。

まるで乾いた土が水を吸い取るように、桂子にとって聖書は自分の人生の答えであった。

『人間は何を求めて生きるのであろうか』


生きるために必要なお金、そして愛である。

愛がなくては人間は生きてはいかれない。

愛の形はさまざまである――

人は弱いようで強く、強いようで弱い。どんなに強い人でも、一人では生きていけないもの。

また、人は生まれたときに、すでに財産を持っているもの。親という財産、そして健康という財産を、桂子はそのどちらをも持ち合わせていなかった。

過去よりも、未来よりも、今というときが一番大事。今日をどう生きるかということが大事なのである。

今日という一日が、希望という明日につながるように、人は生きていきたいもの。

教会の礼拝には毎週出席することができず、月に二回の午後の礼拝があるときは、なるべく出るようにしていた。

そんななか、桂子に親しく接してくれる夫人がいた。中沢照江という六十年配の柔和な女性である。

照江は桂子によく話しかけてくれて、

「私、人に嫌われるの」

と桂子が言うと、

「そうかなあ、美川さんて優しそうで、とても素敵だったから声をかけたの。気にくわなかったら声なんかかけないわ」

照江は、ほほえみながら言うのである。

こうして桂子は照江との付き合いが始まったのである。

教会へ行くようになり、桂子はお墓のことが気になっていた。

「私ね、お墓を直したいわ。たぶん子供たちは直さないだろうし、このままでは死ぬに死ねないわ」

「そんなに気になるんだったら、直しちゃえばいいじゃないか」

清和にそう言われて、桂子は最初に建てた石材屋へ相談をしてみることにした。

一番上の石だけを直すので、その三面をけずり、新しく二面を掘り直してもらうのである。

費用は一〇万くらいだというので、桂子は早速頼むことにした。

一ヵ月くらいして石は完成した。

素晴らしいできばえであった。

正面には桂子の好きな聖書のみことばを彫り、キリスト者の証として十字架を入れたのである。

書家に書いてもらったというみことばの文字は、なだらかで温かかった。

――これでやっと御国の世界へ行けるね、茂人さん――

そう思うと、心から安心がわいてくるのである。

お墓の写真を何枚か撮って正子に見せると、

「後ろに塔婆立てがあるわね」

と言われて、桂子はそれも直すことにしたのである。

こんなもの縁起悪いわ——

結局、上段の石は取りはずしてもらい、上をけずり、下の三か所の穴はセメントで埋めてもらうことにした。

こうしてお墓はきれいに直ったのである。キリスト者は、死者を拝んだり、霊魂をなだめたりしないもの。それは神様が永遠の生命をくださるので、霊魂をなだめる必要がないのである。

仏法とは因果の理法である。

幸福なのも前世、不幸なのも前世の因縁であり、まして人に罪を定めるので、そこに苦しみが伴ってくるのである。

仏法のなかに愛はないのである。

この世にも、あの世にも、仏などというものはいない。仏像はあっても仏ではなく、僧侶はいても仏ではない。

僧侶はもっともらしい説教をしているが、何も悟ってはいないのである。

その頃、清和の勤めている店が清和に委託になることになった。

桂子は今以上に、仕事に本腰を入れなくてはいけないと思っていた。

店は毎日営業をするので、自分たちの休みをどうとるかが苦労であった。

仕事を終わって家へ帰ると、清和と二人で肩や足をもみ合って疲れをいやしていた。

裕直は高校二年の秋口になると、奨学金の予約を受けられるらしく、その面接会場まで出向いていくことになった。

「まだ大学を受かっていないのに、奨学金の予約ができるの」

桂子がたずねると、

「これはね、面接に受かったら、大学の合格を届けてすぐに借りられるんだ」

裕直はそう答えた。

裕直が予備校へ行きたいと言い出したのもその頃で、二人で予備校の検討を始めるようになった。

宣伝をしているところにはあまりこだわらず、良心的な学校を選ぶようにした。

そんなある日、克成から電話がかかってきたのである。

兄は、不渡り手形を持っているらしく、金策にかけ回っているようであった。

内容はよい内容ではなかったが、兄が来てくれるのは桂子にとって嬉しいことであった。

その事を清和に話すと、話は聞いて断わろうということになった。

桂子たちにも人に用立てるほどの金の余裕はなかったのである。

翌日の十一時頃に、兄はやって来た。

兄の顔を一目見て桂子には兄の苦労がしのばれた。

兄はまだこういう世界で生きているのだなあと思った。

桂子は兄に缶ビールを出して注ぐと、

「兄さん、私はね、酒を飲まないんですよ。このビールは桂子が兄さんのために買って来たんです。きっと兄さんと兄妹をしたかったんですよ」

清和はそう言ってくれた。

結局、金は用立てることになった。

清和は兄さんの力になってあげようとしきりに言うので、桂子は承知をすることになった。

兄は金額を打ち込んだ手形を出し、名前を書きこむと、それを桂子に手渡した。落ち着いたら光子と一緒にお礼に来るから、と兄は言って帰っていった。

翌日は朝一番に銀行へ行き、兄の会社へ振り込んだのである。

光子からお礼状のハガキが届いたが、兄たちは来ることはなかった。

進也の家は、桂子のところから車で二十分くらいの場所にあったが、まったく付き合いはなく、進也たちは桂子のことを鼻にもかけないといったふうであった。

進也夫婦は再婚同士だが、お互いに子供がいて、年頃の五人の子供がいたら、さぞかし複雑であろうと桂子は思っていた。


大紀がそろそろ受験をひかえているので、桂子は大紀の寮へ出向いていった。

勉強はできているのかと聞くと、あまり予備校へは行っていないようである。

大紀は桂子の状態をよく知っていて、母はいつ死ぬかわからないと思っているのだろう。

「葬式は出さなくちゃあいけないし、裕直は未成年だから俺が見るにしても、俺の給料ではまだ食わせられないからなあ」

と言うので、桂子は大紀が長男としてこんなことを考えていたのかと、胸が熱くなってくる思いであった。

「今は勉強することだけを考えればよい。後のことは何も考えなくていいから」

桂子は何度もそう言って帰ることにした。家へ帰ってから、桂子は小野君のところへ電話をしようと思った。

小野君は大紀の高校時代の親友で、小野君からはよく電話もかかってきており、小野君の家には泊まりにも行っていた。

小野君は大学へ合格しており、社会福祉を専攻していたので、

「小野君、大紀のことなんだけど、あの子、あんまり勉強してないらしいの。時々でいいから大紀のアパートへ行って入試の方式を特訓してあげて。頼みます」

「わかりました。時々は大紀君のところへ遊びに行ってるんですけど、なんとかできることはやりますので」

小野君に話をすると、桂子は少し気持ちが落ち着くようであった。

大紀を合格させてあげたい。あの子の努力を報いてあげたいと祈る気持ちでいっぱいであった。

大紀がここまで頑張ることができたので、桂子は大紀の大学の学費は全額出してやろうと決めていたのである。

しばらく経って、桂子はふたたび大紀の寮へ出かけていった。

大紀に学費のことを話し、生活費は自分でアルバイトをしてまかなうようにと話したのである。

大紀は新聞配達で自信がついたのであろう。やれる、やれると言っていた。

しばらくして大紀の入試の日がやってきた。大紀は私立校を三校ほど受けたのである。志望校には無事合格をしていた。

大紀が家へ来るという日、桂子は喜びあふれていた。

店では清和にも笑顔で接していて、

「父ちゃん、今日は早く帰るからね。大紀が来るから合格のお祝いをしてあげなくちゃあ」

桂子は大紀の好きそうなウニやサーモンを入れ、五人盛りのおけにたくさん寿司を握ったのである。

家へ帰ると大紀は来ていた。

「おめでとう。よく頑張ったね。これ、全部食べていいから。お腹いっぱい食べていいから」

大紀はたまに食べる寿司なので、おいしそうに頬張っている。

「母ちゃんも頑張ったけど、お前たちもよくがんばったね」

大紀は過去を振り返るように、

「もう一度、あれをやれといったらとてもできないなあ」

と言った。

その言葉は桂子にも実感であった。親子三人で断崖を歩いてきたのである。

やがて大紀の新しいアパートも決まり、部屋代を払い、通学用のバイクを購入して学費を納めたのである。

その翌年は裕直の受験がひかえていた。

裕直は三年になって、いろいろ考えていたようである。

十二月になると、ある大学の公募推薦で受験をしていた。

そうして、結果は合格をしたのである。

「母ちゃん、受かっちゃった。駄目もとで受けたんだけど、受かっちゃったあ」

裕直は本当に嬉しそうであった。

桂子は裕直の表情を見ているだけで、嬉しくなってきた。

裕直には、小遣いとして月に五千円までしか出せないと言い、大学までの交通費、携帯電話の料金、昼食代は自分持ちであることを話した。

裕直は納得をしていたが、

「金持ちの家に婿に行くのもいいかなあ」

と言ったので、桂子はむきになった。

「婿には行くな。婿に行くんだったら一生結婚するな」

「滅茶苦茶だなあ」

「滅茶苦茶でもいい、これは遺言だ。絶対だ」

「冗談で言ったのに」

子供のためだけに生きてきた桂子である。苦労して育てた息子を人にくれられるかという思いであった。

清和が帰ってきてそのことを報告すると、そうか、そうかと頷いていた。


やがて暮れから正月にかけて、店は一番忙しい時期になっていた。

正月の休み明けで、売り上げは店のなかの金庫に何日分もたまっていた。

今日は、銀行へ行って入金してこようという日である。

金庫のなかの金はきれいになくなっていた。

清和は驚き、とりあえず警察に届出をし、本部にも連絡をしたのである。

金庫の鍵は清和と桂子にしかわからず、この鍵の予備は本部にも置いてあるものである。

桂子は、どう考えても内部の犯行としか思えなかった。

この事件の調査は進んだが、結局犯人はわからず、その盗まれた金について、清和たちは責任を負うことになった。

そのことがきっかけで、清和は店を辞める決心をしていたのである。

店を辞めてどうしようかという当てはなかったが、二人は店をやめることになった。

しばらくして清和は、宅配の寿司屋を自分たちでやろうと言い出したので、桂子は大反対をした。

宅配の寿司屋は個人経営では難しく、利益の薄い割には苦労が多いのである。

清和は借金をしてでも店をやると言ってきかなかった。

桂子は、しばらく眠れない日々が続いていた。

家の購入でローンを組んでいるため、これ以上借金はできない状態である。

桂子は仕方なく店の開業資金を出すことになった。

そのお金は、桂子が子供たちのために手をつけずにいた金である。

「このお金は子供たちのためのものだから、そのことはいつも頭に入れておいてちょうだい」

そう清和に言ったのである。

それから一ヵ月くらい、店の開店準備に負われていた。

そうして宅配寿司屋〈太助〉は開店したのである。

開店当初は、新聞の折り込み等をやり、売り上げはまあまあであった。

しかし、仕入れや人件費や諸々の諸経費を引くと、手元に残るのは五万か一〇万くらいである。

桂子は毎日胃の痛い思いをしていた。

清和は、店が終わって仕込みをすると、深夜にビラ配りに出ていった。

こういう状態が続いていた。

そんなある日、清和の兄の誠から連絡が入ってきて、千葉へ仕事で来ているので家へ寄ると言ってきたのである。

兄弟が七年ぶりくらいに再会したのであった。

誠は清和よりも恰幅がよく、とてもにこにことしていた。

店が跳ねてから、コンビニへ寄って、ビールをたくさん買い込んだ。

自宅へ着くと、誠はしきりに、いいなあと連発をしている。誠は結婚のお祝いだと言って、祝儀袋を差し出してくれた。

田舎の両親へはまだ一度も顔を見せていない桂子であった。そのことを誠を通して詫びたのである。

誠は一晩だけ泊まると、翌日は気持ちよく帰っていった。

その頃の桂子はほとんど教会へ行けない状態であった。洗礼を受けよう、もう一度洗礼を受けたいと桂子は思っていた。

そんな折、照江から電話をもらったのである。

「美川さん、どうしてる？　元気してる？」

「中沢さん、身体の方はまあなんとかなんだけど、私ね、洗礼を受けたいと思ってるの。でもこんな調子じゃあ、勉強会も出られないしね」

「そんなことないわよ。私、正子先生に話しといてあげるから」

それから桂子は、月に二回ほど時間をみて教会に行くようにした。

そしていよいよ洗礼を受けることになった。

受洗の前日に桂子は裕直に言ったのである。明日は洗礼だから、一緒に教会へ行って写真を撮ってほしいと。

裕直は、嫌だ、教会へ行きたくないからと言うのであった。

裕直は、困っても宗教には頼らないと言っていたことがあって、裕直の頑固さには泣かされるのである。

洗礼の日、正子から、

「おめでとう、美川さん、よかったわね」

と言われ、長老さんから花束を受け取り、照江からは本をプレゼントしてもらった。

桂子には忘れられない一日であった。


裕直は卒業を迎えていた。高校の三年間も裕直は一日も欠席をすることがなかった。

本当によく六年間も頑張ったものだと思う。

店の経営はとても苦しい状態であって、桂子は清和に言ったのである。

「父ちゃん、公庫を借りましょう。そうしないと広告代やビラ代をまかなえないし、店を維持していけないわ」

清和は桂子の言葉に納得をし、借り入れの準備をすることになった。

清和にとっては初めての借り入れであり、いろいろと審査が厳しかった。

保証人が必要であり、桂子は克成に電話をしたのである。

「実はね、公庫を借りたいんだけど、保証人になってほしい。あんちゃんには決して迷惑はかけないから」

「それはいいんだけど、俺自身も公庫を借りているし、進也の保証人にもなっているんだ。それで通ればいいけどなあ」

結局、公庫の審査は通ることになって借り入れができたのである。

桂子は、ほっと一息をつくことができた。

店のなかのことは、ほとんど桂子が一人で切り盛りをしていたので、洗い物が頻繁にあるときなどは、左手の親指が痛くなって、それを右手の指でおさえるようにしてかばっていた。

「どうした、指が痛いのか」

清和は心配そうにたずねるので、

「これね、昔、子犬にかまれたことがあるの。今頃になって痛くなるのね」

桂子は、小学生の頃、チロの子犬にかまれたいきさつを清和に話した。

「洗い物は、ためておけば俺がやるから」

清和は桂子をいたわるように言うのである。

そんなある日、大紀のことで電話が入るようになった。

ガス代が未納である。家賃が滞納している。電気代が未納である等々。

桂子は大紀の携帯電話に連絡をしてみたが、電話は通じなくなっていた。

――あいつは何をしているのだろう。アルバイトはしていないのか――桂子はそう思いながら、大紀のアパートを訪ねることにした。

大紀のアパートに着くと、大紀のバイクはそこになく、ポストを開けると郵便物がたまっていた。

アパートにはあまり帰って来てないようである。その日は一旦帰ることにしてメモ書きしたものをポストへ入れていった。

数日して、店が跳ねてから、ふたたび大紀のアパートへ向かったのである。

その日は大紀は部屋にいて、桂子の質問に対して、アルバイトをしない言い訳をするのである。

桂子は厳しい口調で言った。

「でれーっとしてないで、生きてることに神経を使え。楽をしようと思うな。プウたら遊んでるんなら、大学なんかやめてしまえ」

桂子は大紀を叱咤したのである。

翌日は大紀の口座へ、未納の家賃やら何やらを振り込んだのである。

†

桂子は自分のことで悩んでいることがあった。それは桂子の外見上のことで人につらくあたられることである。

桂子はなぜか人から妬みを受け、つつかれるのである。決して服装が華美だとか、飾り立てているわけではない。むしろ質素な方であろう。

人は桂子の顔を見て、あからさまにフンとした態度を見せるのである。日常的なことでは、銀行の窓口の行員や、スーパー、コンビニのレジの店員等、また美容院は特に感じが悪く、他の客との差を見せるのである。

それはほとんどが女性であった。

こういうことは決して被害妄想ではなかった。

桂子は人の親切というものをあまり受けたことはなく、自分の顔のことで得をしたことはなかった。

そのことで感じの悪い思いをすることが、多くあった。

銀行の窓口業務等は納入期限を見てまとめてやるようにし、スーパーのレジ等では、性格の良さそうな店員のところへ並ぶようにしていた。美容院へ行くのは、髪がよくよく伸びないと行かないようにしていた。

どの人もこの人も人間が大嫌いになっていった。人の根性の悪さが嫌であった。神様だけの世界へ行ってしまいたいと、心から思っていた。

桂子には女性特有の図々しさや、開き直りがないのである。

そういうことを清和に話をすると、

「桂子は不思議なんだよね。とてもそんな貧乏して苦労したようなふうには見えないんだよね。何も知らない、何もできない、お嬢さん育ちのような顔をしてるから、もう少しおかめみたいだったら人が親切にしてくれるのかもしれない」

清和は言うのである。

そういえば、母と一緒にいるとき、人に言われたことがある。本当の親子ですかと。

母とは似ても似つかない親子であった。外見も中身も。

母のようにはなるまいといつも思っていた。あんなふうに子供のことを気持ちのうえで切り捨てられるのかと不思議であった。

私は、人の道に生きたい。桂子は自分で自分を律してきたように思う。

桂子から見れば、世間の人は皆、桂子より恵まれていた。

人は当たり前の幸せを幸せと感じないで生きているのであろう。

自分のちょっとした不幸で人を妬んだり、つついたりしているのである。

人間嫌いの桂子にとって、神様だけが救いであった。

〈人は皆、罪人である〉という聖書のみことばは、桂子には意味深いものである。

一日一日を生きてゆくのは大変なことであり、桂子にとっては家族と心を許せる数人の友達が唯一の安らぎであった。

子供たちは、私のような目に遭わないでほしいと桂子は祈ることが多かった。

聖書に書かれている、キリストの受難や忍耐は桂子の人生に合致していることが多く、桂子は自分の答えを聖書に求めるようになっていった。

そしてそのとき桂子は想うのである。

イエス様、あなたの十字架はどんなにか重たかったことでしょう……。

また時の流れは人の生き方をも変えてゆくもの。不変なものは希望と愛である。

そんな折、桂子はたまたま配達に出かけることになった。

注文は初めてのお客様であり、居酒屋であった。

桂子はそこで静代と数十年ぶりに再会をしたのである。その店は静代の姉がやっているらしく、静代はちょうど千葉へ里帰りをしていたのであった。

桂子は大変なつかしく、お互いに年をとっていたが、静代には若い頃のおもかげが残っていた。

静代の気立てのよいところは昔と変わることがなく、桂子は店がまだ営業中であったので長話もできず、また再会することを約束して別れることになった。

一ヵ月くらいして静代は桂子の自宅へ遊びに来るようになった。

静代は娘の写真を持ってきて、桂子に見せるので、

「きゃあ、そっくりじゃん。静代さんの若い頃そっくりね」

静代は笑いながら、

「そうかなあ」

「農家にお嫁に行って苦労したんじゃない。お姑も小姑もいてよくやってきたわね」

「私は親もいなかったし、こんなもんだと思って辛抱しちゃった」

二人はお互いのことを語り合った。

静代には姉が三人いて、みんな千葉に住んでいるのだという。姉妹たちは助け合って生きてきたようである。

静代が帰ってからしばらくして、静代の姉さんが、

「これ、妹が送ってきたから」

と言って、野菜だの、果物だのを持ってきてくれるようになった。

桂子は何もないからと言って、じゃがいもを袋に入れて渡したのである。

そのじゃがいもは、田舎の母が毎年送ってくれるもので、暮れになると母は魚だの餅だのと送ってくれるので、桂子は感謝をしていた。

いつかは青森へ行かなくちゃあ、と桂子は思っていた。

裕直は大学へ進学するようになって、アルバイトが思わしくなかった。

焼肉屋で働いていたのだが、週に二度は掃除があって、朝の五時過ぎ頃に帰るとわずかな仮眠をとって学校へ登校をしなくてはいけない。学校との両立が難しいのである。

その頃、裕直は春休みを迎えていた。ちょうどよい機会で桂子は裕直に合宿で車

の運転免許を取らせようと考えていた。
大紀も合宿で運転免許を取っていたのである。大紀は飛行機で徳島まで行ってい
た。交通費は全額負担をしてくれたらしい。
結局、裕直は新潟の合宿所へ行くことになった。
まだ雪が降っているだろう新潟は、雪が心配された。
新潟へ行ってから、途中裕直から電話が入ってきた。
「俺、どうしよう。受からないかもしれない。母ちゃん、どうしよう」
「合宿だから、期間は関係ないんだから、合格するまで帰ってくるな。受かるまで
粘ってそこにいろ」
桂子は発破をかけたのである。
予定期間より少し送れて裕直は帰ってきた。とても嬉しそうであった。
「むこうの人は、いい人が多いね」
そう言って書面を見せてくれた。
それからしばらくは休んで、裕直は新しいアルバイト探しをしなければならなか
った。

求人情報誌にもいいものが見つからず、桂子は、

「富士見町を自転車でながしてきなさい」

と裕直を送り出した。

やがて裕直は居酒屋の求人を見つけて、面接に行くことにしたのである。

居酒屋の店長は裕直を気に入ったようで、そこで働くことになった。


桂子は店の収支が思わしくなく、毎日胃の痛い思いをしていた。

どんなに働いても自分たちの給料が出ないのである。

清和は、もう少し頑張れば食えるようになると言って、毎日ビラ配りに出かけて行った。

そんな折、北海道にいる清和の妹から連絡が入ってきた。

東京まで出てくるので、千葉へ寄りたいと言ってきた。妹とは十年くらい会っていないと清和は言うので、

「本当は私たちが帰らなくちゃあね」

と桂子は言った。

店があるので、たいしたもてなしもできず、店が引けてから三人で居酒屋へ行った。

妹は北海道に住んでおり、看護婦をしていて、国家公務員であった。

家も購入して、女の一人暮らしをしていた。

妹は幸子という名前なので、桂子は幸ちゃん、幸ちゃんと呼んで親しんだ。

桂子にとって本当の妹ができたようで嬉しかったのである。

幸子はかなり酒が強いらしい。

三人で飲んでいると、清和は幸子に言った。

「お金、貸してくれよ」

「うん、いいよ。いくら」

清和が金額を言うと、幸子は承知したようであった。

「変なところから借りるよりいいでしょう」

「幸ちゃん、お金借りてもすぐに返せないかもしれない」

桂子の言葉に幸子は頷いていた。

桂子は今までどんなに困っても、人に金を借りたことはなかったのである。

桂子にとって初めての借金であった。

居酒屋を出てからコンビニへ寄り、幸子はワインを買った。

家へ着くと、清和は疲れたからと言って、先に寝てしまった。

幸子と二人でワインを飲んでいると、たちまちのうちに飲み干して、幸子は飲み足りないようであった。

桂子は埃だらけのウイスキーの瓶を洗って出した。

「こんなものしかないけど」

二人はウイスキーを水割りにして飲んだ。

「幸ちゃんは、ずっと結婚しないの」

「結婚はあんまりね。でも子供は欲しいと思ってるの。女の子がいいわ」

「それってなんか、××式とかやってるの」

「私って、できないのよねえ」

二人はとりとめもなく話をして、四時過ぎまで飲んでいた。

桂子は自分の布団に幸子を寝かせると、その横に半分布団を敷いて横になった。

翌朝はタクシーを呼んで幸子を送り出したのである。

後になって裕直が言うには、あの日はテスト前で勉強ができず、かりかりしていたらしい。

数日後、幸子から清和の口座に振り込みがあった。

幸ちゃん、ありがとう――桂子は心の中で礼を言った。


数ヵ月が過ぎていった。

店の内容を少し変え、メニューも変えていった。仕入れにも工夫をこらした。

その月は売上げが厳しく、仕入れの金まで持ち出すことになってしまった。

桂子は決心をして清和に言ったのである。

「父ちゃん、もう店を閉めよう。仕入れの金まで持ち出すようになったら限界だよ。これ以上やったら私たちは立ち直れなくなっちゃう」

「もう少し頑張ったら食えるようになる。俺はやめないから」

「父ちゃんわかって。今まで頑張ってきてあなたの口惜しい気持ちはよくわかる。でも、本当にもう限界。状況が厳しいの。閉めるのが一番いいの。この店に出したお金はいらないから、どうかわかって」

清和はとても踏ん切りがつかないようであった。

桂子は精いっぱい清和を説得した。

そうして店は閉める方向へ準備をしていったのである。

清和は田舎の両親へ電話をした。できる範囲でいいからと金の工面を頼んだのである。

田舎の両親からの送金があって、桂子は大変感謝であった。

公庫の借り入れはなんとか返すことができ、機械のリースについての債務をどうしようかと考えていた。

清和は同じ関連の宅配寿司屋に店を売ろうと考えていて、交渉を始めるようになった。

話はなかなか進まなかったが、結局店は買い取ってくれることになった。

そうして店を閉めてからも、二人は平静さを逸していた。

清和は、俺と別れた方が桂子のためだと言い、桂子は本気で離婚することを考えていた。

しばらくはそういう状態が続いていて、清和は新しい就職口が決まったのである。勤めに出て給料をもらっている方が、よっぽど気が楽だと桂子は思った。

しかしながら、サービス業で働くということは大変なことである。時間のゆとりはあまりなく、生きていくことが目いっぱいの生活であった。

桂子は清和の健康をいつも心配するようになった。そしてまた、具合の悪いときは桂子は自分の食べる物も作れず、ただじっと耐えて寝て過ごすことが多く、夫婦でお互いが目いっぱいの生活であった。清和は、

「これからも仲良くやってゆこう。助け合っていこうな」

と桂子に言うので、

「父ちゃん、なんとか二人で生きていこうね」

と桂子は答えた。

我が家にやっと平静さが戻ってきたのである。

その年は裕直が二十歳になり、成人式を迎える年であった。

「ねえ、成人式どうするの。やるの、やらないの。こっちにも準備ってものがあるんだから」

「うーん、どうするかなあ」

裕直の返事は、あいまいであった。

結局、成人式はやることになり、二人でスーツを買いに出かけていった。

その頃桂子は、四十肩になり、苦しんでいたのである。

式の当日、裕直がスーツに着替えて立っていた。

「裕直の姿、茂人さんに見せたかったたね」

「あの時、おやじが死んだ時、俺は泣けなかったんだ。これから一人で生きてゆかなければならないと思うと泣けなかったんだ」

うん、うん、と桂子は頷いて、いってらっしゃいと送り出したのである。

式から帰って来ると、今度は中学校の同級生が集まるからと言って、ふたたび出かけていった。

式の翌日はアルバイトに行った。裕直はアルバイトから弾んで帰ってきた。

「母ちゃん、店長からお祝いをもらった。壱万円も入っている。何かお礼をしなくちゃあ悪いよね」

裕直は他人にここまで祝ってもらって、よっぽど嬉しかったのであろう。

見ると、壱万円の商品券が入っていた。

桂子はとりあえず、電話でお礼を言うことにした。

「このたびは、過分なお祝いをいただいてありがとうございます。いつもよくしていただいてすみません」

「いやあ、美川君はいまどきの若い子にしては、珍しいくらい素直で真面目なお子さんです。お母さんの丹誠でしょう。うちとしてはずっと働いてもらいたいです」

店長の言葉は、桂子にとって最高の言葉であった。

清和が帰ってからそのことを話すと、

「裕直はどこへ行ってもやっていけるだろう。あいつの人間性が信用を得るんだなあ」

と言うのであった。

成人式を過ぎてから、桂子の右肩はすうっと上がるようになり、不思議と楽になったのである。

しばらく経って、大紀の大学から履修表が送られてきた。

その履修表を見ると、大紀は二年になってほとんど大学へは行っていないようであった。部屋代やらガス代やらと滞ることがあって、桂子は時々振り込んでいたのである。

大紀には学校をやめさせることが一番よいと桂子は思った。

大紀の大学へ出向いて行き、退学の手続きをしたのである。

大紀は奨学金を受けていたので、これ以上いたずらに続けさせてはいけないと思い、奨学金を打ち切る手続きをしたのである。

その足で桂子は大紀のアパートを訪ねた。大紀はそこにいたので、桂子は今大学へ行って退学の手続きを一切してきたことを話した。

大紀はいろいろと言い訳をしてきたので、

「あんたは働くのが一番いい。もう学生などと甘えた根性でいないで、なんでもいいから自分のできる仕事をして働きなさい」

桂子がそう言うと、大紀はあるパンフレットを差し出した。

それは、ラジオ短波のアナウンサーのパンフレットであった。

「俺、これやりたいんだよ。自分のやりたいことが見つかったんだ。本当にこれやりたいんだ」

桂子はそのパンフレットをようく見て、

「こういうものは、コネが多いの。この学校を出てもアナウンサーになれるのは難しいから堅実に生きる道を選べ。もう学費は出さないから」

桂子はそう言って大紀を納得させたのである。これで大紀の甘えた気持ちが直ることを願っていた。


それからしばらくして、桂子はまた具合が悪くなった。ほとんど起きることができずに食事をとる体力もなくなっていた。

清和はとても心配して、

「桂子、頼むから入院してくれ。このままだと死んじゃうよ。どうか入院してくれ」

「父ちゃん、ごめんね。でも入院をしても同じだから、今までもそうだったし、家で養生すればよくなるから」

そう言うしかなかったのである。こんなときに母に来てもらい、おかゆの一杯も作ってほしかった。母に電話をしても来てくれないだろうし、遊び歩いているだろうと思った。

今まで幾度も幾度も病気が桂子をおそってきた。

絶望と希望のはざまで、桂子はもがき苦しんできたのである。

そう簡単に心の傷は癒えないもの……それを忘れたふりをして前を見て生きてゆくしかないのである。

家族がいなければ、このまま死んだ方が楽だろうと桂子は思っていた。

――もう無理して生きていきたくない――

何日も苦しんで、桂子は心の中で祈っていた。

どうかこのまま安らかに、御国の世界へいけますようにと――

死ぬような苦しみ、そういう状態が何日も続いて、桂子はもう死ぬかもしれないと思った。

「父ちゃん、私、死にたい。こんな身体で生きていきたくない……けれど、裕直のことが心配なの。あの子を卒業させてほしいの。あと一年で卒業だから、裕直の今までの努力を無駄にしたくないの。頼みます。頼みます。どうか頼みます」

枕もとで桂子は清和に言った。

「桂子は大丈夫だ。神様とはそういうものだ。桂子が死ぬときは俺も死んでやる。二人一緒だ」

清和はそう言ってくれた。

「あなた、ありがとう。本当にありがとう」

桂子は清和の胸に抱かれて泣いた。清和の温もりが桂子を包んでいた。

そんなときである。久しぶりに菊から電話がかかってきた。

「どうした、元気してる？」

いつもと変わらない菊の声であった。

「調子悪いよ。よかったら顔だけ見せて。何も買ってこなくていいから」

「わかった。明日行くから。お昼過ぎ頃になるけど寝てていいから」

「きっと来て。待っているから」

翌日、菊はやって来た。

「安西さんも来たいっていうから、一緒に連れてきたわ」

桂子は嬉しくなって、二人に抱きついてしまった。お茶を入れることもできなかったので、缶コーヒーを差し出した。

三人でいろいろおしゃべりをしていると、気が紛れてくるのである。

「美川さんはね、すごい気力はあるのよね。本当に感心しちゃう」

菊が言うと、

「この人は精神力は強いんだよ。それで今までもってきたところがあるんだよね」

「精神力か。それももう尽きちゃうわ」

「いい旦那をもらったんだから、頑張らなくちゃあ。それに、あなたはいい顔してるよ。自分のこと美人だって気がついていないでしょう。その顔で旦那をひっかけられたんだから」

「私ね、この顔で得したことがないの。いつも嫌な思いばかりしてるし。それに私たち夫婦は将来がないかもね。私はこんな身体だし、父ちゃんも糖尿病だから」

「なんだい、昭和枯れすすきかい」

「昭和枯れすすきっていえばね、うちのばあちゃんがその歌を歌うんだよ。その節回しがおかしくてさ」

「どんなふうに歌うの。歌ってみてよ」

桂子がそう言ったので、菊はばあちゃんのまねをして歌ったのである。

その歌い方があまりにおもしろかったので、三人はゲラゲラと笑ってしまった。

そうして時間は過ぎていった。

二人が帰るとき、何もおみやげがなかったので、缶コーヒーを二本ずつ渡すことにした。

菊たちが帰って桂子は、また横になった。

しばらくすると、母から珍しく電話がかかってきた。

お墓参りに行ったら、お墓がきれいになっていると言ったので、

「死んだ人のお墓参りもいいけど、生きてる私は具合が悪いわ。何も助けてくれないで少しも嬉しくないわ」

「わかったよ。明日、行けたら行くから」

翌日、昼過ぎに母はやってきた。

こんな親でも、来てくれるだけましだと桂子は思った。

母は、たまっている台所の洗い物をやり始めたので、

「ねえ、お願いがあるの。両腕を広げて私を包んで。そして桂子大丈夫だよ、治るよと言って。そしたら奇跡が起こって私は治るかもしれないから」

桂子にそう言われて、母はぎこちなく両腕を広げて桂子を包んだ。

このことで、桂子は母を許せそうな気がしていた。

清和にこのことを話すと、

「おふくろさんを引き取って、一緒に暮らすか」

「それは無理ね。あの人の心は子供に向いていないし、それにあんなおかしな仏壇を持ってこられたら、私は気が変になってしまうから」

母は何やらの宗教をやっていたのだ。

数日して清和に休みがとれて、桂子は清和に連れられて病院へ行った。

なんとか峠は越したようであった。


春の陽光が暖かい日々になっていた。

大紀から電話がかかってきた。

「俺だけどさ、今度母の日にお茶を送るから。あんまりうまくないぞ」

「そうか、うまくなくてもなんでもいいよ。楽しみに待っているから」

それから十日ばかりして、大紀から新茶が送られてきた。

なかには、お母さんありがとうのメッセージカードが入っていた。

大紀はサービス業で働いていたのである。大紀の初めての親孝行に桂子は、今までの苦労が吹き飛んでしまいそうだった。

大紀のくれたお茶を入れ、清和と二人で飲んだ。

「このお茶はおいしいわ。本当においしいわ」

そう言うと、清和はにこにこして言うのである。

「桂子はお茶の味より、大紀の気持ちがうれしいんだろう」

桂子は少し安らぎを感じていた。


そうして時が過ぎていった。

裕直は二十一歳の誕生日を迎えていた。

大紀も、もうじき二十三になるんだと思った。子供たちが一つ年をとるごとに、桂子はほっとしていた。

そんなある日、桂子は中野から突然の連絡を受けた。

母がお風呂で倒れたというのである。内容がよくわからなかったが、知らせてくれた病院へとりあえず駆けつけたのである。

母は脳溢血であるらしい。

病室で母は静かに横になっていた。

桂子の顔を見て、

「桂子、ずいぶん苦労をかけたね。おまえの病気は私がしょっていくよ。おまえには私の健康を残してゆくから。本当にごめんね」

母はやっとそう言ったのである。

その目からは涙がこぼれ落ちた。

——この人は、最後に母親になったのだ——

桂子はそう思うと泣けてきた。

数日して母は息を引きとった。

自分本位に生きてきた人である。この人のおかげでどれだけ自分が泣いてきただろうか。

あれもこれもみんな忘れたい過去のなかに、母が過ぎていくようであった。

母の葬儀が終わってから、桂子はしばらく考え込んでいた。

母の遺骨を自分のお墓へ入れてあげようと思った。中野にそのことを話すと、

「いろいろ、ありがとう。すまない」

と中野は言った。

納骨は、中野と進也で行われた。

――茂人さん、いいよね。わかってくれるよね――桂子は心の中でそう言った。

「桂子がこんなにいいお墓を持っているなんて知らなかった。おふくろも満足だろう」

進也はそう言っていた。

人は必ず死んでゆくもの、死はその人の人生の総決算である。

いかに死ぬかは、いかに生きるかということである。

死んで持ってゆけるものは、金や地位や名誉ではなく、人生をどう生きたかという心の充実感だけである。

人生の試練をたっぷりと受けた桂子にとって、生きることは耐えること――嵐のような風雪に耐えて耐えぬいた人生であった。

後ろも見ずに駆けぬけた人生であった。

人の何十倍もの人生を生きてきたような気がする。

こんな身体でよくここまでこれたと思う。

清和とめぐり合わなかったら、死んでいたかもしれない。

病気のとき、辛いとき、いつも傍に清和がいてくれた。人間嫌いの桂子にとって清和だけが心の支えであった。

「父ちゃんが死んだら、私も死んじゃうから」

いつもよく清和にそう言っていた。

私の愛する旦那様、世界一の旦那様、私はあなたが大好きよ。桂子はそう言いたい気持ちであった。

そして息子たちよ、こんな母さんについて来てくれてありがとう。本当にありがとう――。


裕直はそろそろ就職活動が始まったようである。就職活動にあたって桂子は裕直に相談を受けた。

髭の永久脱毛をしたいということである。桂子はまったく気にならなかったが、本人は面接用の写真に影響を与えるのではないかと気にしていた。

「それでは直ぐにやった方がいいだろう」

と桂子は答えて詳しく話を聞いた。

裕直は自分のビザカードを持っていたので、リボ払いで払うからと言うのであった。

そんなある日、大紀から贈り物が届いた。大紀もなんとかやっているようである。

「父ちゃん、大紀からハムが届いたよ」

「そうか、どうやら大紀は今の仕事に定着しているらしいなあ」

桂子はなんだか嬉しくなって、

「今日も足をもんであげるから、横になって」

桂子は清和の足をもみながら、

「父ちゃん、健康でいてよ。長生きしてよ。いつか田舎へ帰ろうね」

そう言うのである。

清和の帰宅は深夜になることが多く、桂子は清和の労に報いたい気持ちであった。

暮れもおしせまって、大紀から正月用の切り花が届けられた。

桂子は適当な花器がなかったので、大きなガラスの花瓶に花を生けた。そうしてリビングに飾ると、早くも正月がきたようであった。

「来年はきっといい年になるわね」

清和と二人で花を眺めながら言った。


二月になると裕直は多忙になっていった。

その間、裕直は風邪で高熱を出し、二度ばかりダウンをしてしまったのである。

疲れのせいであろう。

桂子は裕直の体調を気をつけるようにしていた。

三月の半ば頃には、就職の内定がいくつか出るようになった。裕直は、最終的に貿易関係の仕事に絞っていった。

そうして、その会社から内定の通知が出たのである。

アルバイトとの両立でよく頑張ったものだと思う。

裕直はとても嬉しそうに、その書面を桂子に見せた。

「母ちゃん、これ」

裕直は手の中にピアスを持っていた。

「どうしたの、もうピアスをしないの」

「もうやらないから。それに穴が目立つのは嫌だし」

それは桂子が裕直にあげたピアスであった。裕直の気持ちはすっかり社会人になっていったようである。

裕直の就職も決まり、桂子の心は一つの事業を成し遂げたような充実感でいっぱいであった。

——ああ、これで何も思い残すことはない——

人生には負けたかもしれない。けれど自分には勝ったように思う。

その日は、久々に家族で酒を飲んだ。

茂人さん、ようやく大輪の華が咲きました。——桂子は心の中でそう言っていた。

そうして季節は暖かくなり、桂子は墓参りに行こうと思った。

風は春の気配であった。

納骨の日から、初めての墓参りである。墓所の水くみ場のところには、雪柳の白い小花が咲いていた。

桂子はそれをいくつか折ると、墓前へたむけた。

そして言った。

「あなたは知っている、雪柳の花を」と。

Profile

芹川 芳江（せりかわ よしえ）

1952年、千葉県東金市生まれ。
中央商科短期大学卒業。青山学院大学中退。

†

この作品は、私の自伝小説です。
半世紀にわたる人生が過ぎ、
ようやくここまでこられたと感慨を深くしています。
私の一番好きな言葉は「希望」です。
この二文字に明日を信じ乗り越えてこられました。
これからも希望を持ち続けてゆきたいと思っております。
そして、これから私の第二の人生を
生きてゆけたらと思っています。

雪柳

2002年6月15日　初版第1刷発行

著　者　芹川 芳江
発行者　瓜谷 綱延
発行所　株式会社 文芸社
〒160-0022　東京都新宿区新宿1-10-1
電話　03-5369-3060（編集）
03-5369-2299（販売）
振替　00190-8-728265
印刷所　株式会社 フクイン

ISBN4-8355-4019-0 C0093